厄运石

[美]康奈尔·伍里奇 著

蔡丹丹 译

康奈尔·伍里奇黑色悬疑小说系列

上海文艺出版社
Shanghai Literature & Art Publishing House
上海故事会文化传媒有限公司

康奈尔·伍里奇黑色悬疑小说系列（全18种）

编委会

总策划　夏一鸣
主　编　黄禄善
副主编　高　健

编辑成员（按姓氏拼音为序）

蔡美凤　高　健　洪圣兰　胡　捷

黄禄善　吴　艳　夏一鸣　杨怡君　朱崟滢

序　言

你见过妻子为丈夫的情妇洗冤吗？见过杀手恋上自己的谋杀目标吗？还有弃妇嫁给死人、员工携带老板爱妻逃亡、富豪邮购致命新娘，等等。所有这些令人心颤的诡谲事件，或者说，诞生在西方资本主义世界的怪胎，都来自康奈尔·伍里奇(Cornell Woolrich, 1903-1968)的黑色悬疑小说。黑色悬疑小说，又称心理惊险小说，是西方犯罪小说的一个分支。它成形于20世纪40年代，在50年代和60年代最为流行。同硬派私人侦探小说一样，这类小说也有犯罪，有调查，然而它关注的重点不是侦破疑案和惩治罪犯，而是剖析案情的扑朔迷离背景和犯罪心理状态。作品的叙事角度也不是依据侦探，而是依据与某个神秘事件有关的当事人或案犯本身。伴随着男女主角因人性缺陷或病态驱使，陷入越来越可怕的犯罪境地，故事情节的神秘和悬疑也越来越强，从而激起了读者的极大兴趣。

康奈尔·伍里奇被公认是西方黑色悬疑小说的鼻祖。他出生于美国纽约,幼年即遭遇父母离异的不幸。在前往父亲工作的墨西哥生活了一段时期之后,他回到了出生地,同母亲相依为命。1921年,他进入了哥伦比亚大学,但不多时,即对平淡的学习生活感到厌倦,并于一场大病之后退学,开始了向往已久的职业创作生涯。1926年,他出版了长篇处女作《服务费》,接下来又以极快的速度出版了《曼哈顿恋歌》等五部长篇小说。这些小说均被誉为"爵士时代小说"的杰作,尤其是《里兹的孩子》,为他赢得了《大学幽默》杂志举办的原创作品大奖,并得以受邀来到好莱坞,将小说改编成电影剧本。1930年,"事业蒸蒸日上"的康奈尔·伍里奇与电影制片商的女儿结婚,但这段婚姻只维持了几个星期便因他本人的恋母情结和同性恋倾向而告终。此后,康奈尔·伍里奇一度意志消沉,创作也连连受挫。一怒之下,他销毁了全部严肃小说手稿,转向通俗小说创作。1940年,他的第一部黑色悬疑小说《黑衣新娘》问世,顿时引起轰动,他由此被称为"20世纪的爱伦·坡"和"犯罪文学界的卡夫卡"。紧接着,他又以自己的本名和笔名陆续出版了17部国际畅销书,其中的《黑色帷帘》《黑色罪证》《黑夜天使》《黑色恐惧之路》《黑色幽会》同《黑衣新娘》一道,构成了著名的"黑色六部曲"。其余的《幻影女郎》《黎明死亡线》《华尔兹终曲》《我嫁给了一个死人》,等等,也承继了同样的黑色悬疑风格,颇受好评。与此同时,他也在《黑色面具》等十几家通俗杂志刊发了大量的中、短篇黑色悬疑小说。这些小说同样受欢迎,被反复结集出版。然而，巨额稿费收入并没有给他带来精神愉悦。他依旧"像一只倒扣在玻璃瓶中的可怜小昆虫"，徒劳挣扎，郁郁寡欢。自50年代起，因酗酒过度，加之母亲逝世的沉重打击，康奈尔·伍里奇的健康急剧恶化，他的一条腿因感染未及时医治而被截除。1968年，康奈尔·伍里奇在孤独中逝世，死前倾其所有财产，以母亲名义为母校哥伦比亚大学设立了一项教育基金。

康奈尔·伍里奇的黑色悬疑小说引起了众多作家的模仿。最先获得成功的是吉姆·汤普森(Jim Thompson, 1906—1977)。他的《我心中的杀手》等小说以破案解谜为线索，表现罪犯的犯罪心理，从多个层面反映小人物的重压。稍后，霍勒斯·麦考伊(Horace McCoy, 1897—1955)和戴维·古迪斯(David Goodis, 1917—1967)又以一系列具有类似特征的作品赢得了人们的瞩目。20世纪50年代至60年代，黑色悬疑小说层出不穷，代表作家有查尔斯·威廉姆斯(Charles Williams, 1909—1975)、哈里·惠廷顿(Harry Whittington, 1915—1989),等等。同康奈尔·伍里奇和吉姆·汤普森一样，这些作家注重塑造处在社会底层、具有人性弱点或生理缺陷的反英雄，但各自有着独特的创作手法和成就。

康奈尔·伍里奇的黑色悬疑小说还引发了战后西方黑色电影浪潮。自1937年起，依据康奈尔·伍里奇的长、中、短篇黑色悬疑小说改编的电影即频频出现在美国各大影院，并进一步成为好莱坞电影制作的主要来源，尤其是1954年，阿尔弗雷德·希区柯克(Alfred Hitchcock, 1899—1980)执导的电影《后窗》赢得了爱伦·坡奖,将这种改编推向了高潮。据不完全统计,20世纪40年代至60年代,共有35部康奈尔·伍里奇的作品被改编成电影,其数目远远超过达希尔·哈米特(Dashiell Hammett, 1894—1961)和雷蒙德·钱德勒(Raymond Chandler, 1888—1959)。不久,这股康奈尔·伍里奇作品改编热又延伸到了南美、德国、意大利、土耳其、日本、印度,尤其是《黑衣新娘》和《华尔兹终曲》,在法国持续引起轰动。80年代和90年代,康奈尔·伍里奇作品又被西方各大媒体争先恐后改编成电视连续剧、广播剧。与此同时,新一波电影改编热又悄然兴起。直至2001年,美国著名影视剧作家迈克尔·克里斯托弗(Michael Cristofer, 1954—)还将《华尔兹终曲》改编成了电影《原罪》,广受好评。2012年,《后窗》又被改编成百老汇音乐剧。2015年至2019年,作为好莱坞经典保留剧目,电影《后窗》再次在美国各大影院上映,引起轰动。

这套丛书汇集了康奈尔·伍里奇的18部黑色悬疑小说,包括16部长篇和2部中短篇,是迄今国内译介康奈尔·伍里奇的品种最齐全、内容最丰富的一个系列。这些小说既有爱伦·坡和卡夫卡的印记,又有硬汉派侦探小说的风格,但最大特色是制造了紧张的恐怖悬念。作品大多数以美国经济萧条时期的大都市为背景,着力表现人性的阴暗面和人生的残忍、污秽、挫败以及虚无。譬如《黑衣新娘》,描述一个神秘女子伪装成不同的身份和外表对多个男性疯狂复仇,起因是多年前那些人枪杀了她的丈夫,从那时起,她就誓言血债血偿,其手段之残忍,令人咋舌。而《黑色幽会》则描述一个男子的未婚妻被五名男子的空中抛物致死,其心灵被疯狂滋长的复仇欲望所扭曲,并渐至迷失本性。在难以言状的病态心理驱使下,他将这五名男子最心爱的女人一个个杀死。与此同时,他也成为可悲的社会牺牲品。

同这类以罪犯为男女主角的小说相映衬的是另一类以受到陷害、孤立无援的无辜者为男女主角的作品。《黑色帷帘》和《幻影女郎》堪称这方面的代表作。在《黑色帷帘》中,男主角脑部遭受重击丧失记忆力,过去的生活片段如梦魇般在内心煎熬。他渐渐回忆起自己曾被人陷害,是一起谋杀案的疑犯。而要洗清嫌疑,他必须恢复记忆。伴随着支离破碎的回忆,他极度害怕自己就是真凶。无独有偶,《幻影女郎》中的男主角与妻子吵架负气出门,在与陌生女郎约会之后,发现妻子被杀,自己则被控告行凶,判处死刑。本可以证明他清白的神秘女郎,却仿佛人间蒸发一般,而那晚所有见过他的人,都不记得他曾与女郎在一起。随着行刑日期接近,所有寻找女郎的努力都以失败告终。即便他本人也开始怀疑,是否真有这样一位女郎存在。

为了增加作品的悬疑,特别是中、短篇小说中的悬疑,康奈尔·伍里奇也会仿效一些传统侦探小说的写法,描述一些出人意料的谋杀奇案。如《死亡预演》描写身穿宫廷裙服的女演员突然被烧死，警方必须弄清楚罪犯（伴舞者中的一个）如何在一大群伴舞者中放火杀人。而《自动售货机谋杀案》要解决的则是罪犯如何利用自动售货机毒杀三明治购买者。除了一些常见的布局手法，暗示超自然力量的存在也是康奈尔·伍里奇解释某些罪案发生的方法之一。《眼镜蛇之吻》述说一个离奇的印第安妇女能将毒蛇的毒液转移至其他物品。《疯狂灰色调》描述一个坚持要解读出"乌顿"（一种巫术）秘密的乐师。《向我轻语死亡》则以一个先知谶语来展开叙述。面对通灵师预言女孩的叔叔将在两天后被雄狮咬死，警察该如何阻止这场事先张扬且没有罪犯的命案？被预言逼得精神失常的叔叔又该如何保护自己？所有人是否能在死亡期限之前揭开阴谋面纱？诸如此类的谜底，将在"康奈尔·伍里奇黑色悬疑小说系列"中一一找到答案。

黄禄善

Contents

1757 年，印度 /**1**

1792 年，巴黎 /**35**

1871 年，新奥尔良 /**83**

1941 年，东京 /**152**

1757年，印度

埃斯卡戈[1]，路易十五皇家陆军中的一名列兵，正在米塔普尔镇[2]酷热异常的集市上瞎逛，心情烦闷。这天他不执勤，但即便不执勤，待在这么个鬼地方能有什么意思？要是在巴黎，这会儿……

埃斯卡戈决意甩开这个念头。这样的渴望、孤独和炎热足以让人失去理智。最好装作世上没有什么凉意、云彩和雨点，也没有什么戴头巾式女帽、穿木屐的酒吧招待，更没有她们白里透红的脸蛋、顾盼神飞的双眸、伶牙俐齿的言语……无论如何，他都

---

1 印法文原意为乌龟、行动迟缓的人。
2 印度古吉拉特邦Jamnagar县的一个城镇。

要将这些渴望杀死,不去浮想白人女性的俏脸,不去怀念法兰西清凉的雨点落在身上的感觉。

自从他所在的团驻扎进郊区的营房里,这种情绪就纠缠着他,已经好几个星期了。营房条件恶劣:狼蛛在发霉的墙缝里四处乱爬,眼镜蛇时不时沿着椽子伸下头来,对着某个可怜虫的脖子就是一口。他们团从本地治里[1]的乡下一路行军而来,哪儿都要比这里强一些,尽管在印度灼人的阳光下行军令人丧胆——在泥泞的河里涉水渡河,士兵们脱了衣服将装备高高顶在头顶,仿佛一群满载货物的骡子,一旦他们失足跌倒而弄湿了分配的珍贵弹药,就免不了一顿残暴的鞭子。即便是离开地角的那次使人筋疲力尽的行军,人们像蛆虫一样挤在小道上,也没有眼下这般糟糕——至少那是有尽头的。

然而这次的滞留,这日复一日的灼热,实在让灵魂干枯腐朽,毫无解脱的希望,这使一个一直以来就不情愿参军的士兵陷入了更加无助的境地,他变得孤僻而沉默,毫无理性地渴望独处。因此,埃斯卡戈知道,团里的人都讨厌他。算了,就让他们讨厌去吧。独自一人总比与一群毫无怨言、只知认命的傻子为伍强。

此刻,在人满为患的街道上左推右挤,一路向南走去,埃斯卡戈又一次无声地反抗了上级,这个把他囚禁在世上最邪恶的角落的权威。他恨恨地告诉自己,某个处处不如他的军官随便说上

---

[1] 印度的一个联邦属地,曾为法国殖民地。

一句话，他就要像条狗一样上蹿下跳，一辈子都这么窝囊。除非，通过什么手段，他必须亲手改变自己的命运。

他在一个酒水贩子的小摊前停下脚步，扔出几枚铜币。这小贩咧着嘴向他行了个额手礼，捧起陶壶向一个木碗里倒了一些酒，双手小心地将酒碗端给他。团里有严格的规定，不允许在集市上买酒喝。这既增加了将霍乱带进营地的风险，同时，长官们也觉得让当地人目睹近乎神样的白人跟他们一起醉醺醺地说胡话，实在是不成体统。

但埃斯卡戈内心苦闷至极，这小小的违规使他感到些许宽慰。若是那酒喝起来顺口一些，他准会站在那儿喝个痛快，直到倒下为止。但再一次——这不是他第一次尝试了——他发现这酒实在是难以下咽。这群蒙昧落后的异教徒称这种发酵的酸水为酒，恐怕没有一个体面的法国人能够接受。

他猛地弯下腰，对着满是尘土的街面吐了口酒水，举起袖子擦了擦下巴。接着，他抬起头，拿着木碗，向小贩当头掷去。

"贱狗！"他气急败坏地吼道，"你是想毒死我吗？竟敢给我这样的酒渣？看我不……"

他微微俯身站在那儿，只等抓到一丝反抗的迹象，便借此挑起一场街头斗殴。但不见丝毫反抗迹象——那小贩早已被吓破了胆，远远地躲到了他攻击不到的角落里，背抵着墙瑟缩着，哀哀啜泣。他转头瞪着周围一小撮看热闹的当地人，他们立刻小心地往后退，没有一个站出来的。他保持挑衅的姿态站了一会儿，便转身沿着灰扑扑的巷子继续前进，边走边用手肘粗暴地推开身边的当地人。

终于，他到了市镇的另一头，出了古老巍峨的城门。日照西斜，泛着红光，按军规此时他应该回到营地了。算了，就让团里批评吧。照他此刻的心情，但凡有任何机会找到地方避难，他都会一走了之的。无奈的是，从这里一直到对面的孟加拉湾，德干高原绵延上千英里，没有一处可逃脱的豁口。整条路线上除了法国人的死对头英国人之外，看不到一个白人，倘若他落入英国人手里，他们一定会将他投进监狱。

逃脱的唯一路径在另一个方向，向西穿过印度洋。如果买得起一张走私船票的话——当然不能是法国船——得是一条停在锚地里，明晚顺着潮汐出海的葡萄牙商船。但他身上这几路易的军饷能顶什么用？捉拿他这个逃兵的赏金都不止这数。

受一种漫无目的的绝望情绪所驱使，埃斯卡戈垂头丧气地沿着被夕阳照亮的小路向北而行。

突然，前方芒果树和香蕉树的阔叶缝隙之间，一丝金光使他眼前一亮。他知道那个地方，几周前，他们的部队疲惫地行军去营地正打这里经过，只不过那时在月光下它闪着银色的光辉。这是一座异教的神庙。

此时此地，他已经不受约束了，团里严令禁止士兵靠近这座神庙，以免有谁无意间冒犯了当地人。在火烧火燎的练兵场上，就在他中暑晕厥的前一刻，长官宣读这些规定时严厉的嗓音此时又在他耳边响起："这是禁令——国王陛下的任何军人不得穿越陆地一侧的界墙，违者一律关禁闭、受鞭笞……"

埃斯卡戈不忿地咬咬牙，径直向前走去，双腿扬起灰白的尘土。

这下他已经站在了神庙前，它在他面前高耸而起，山墙倾斜，形状怪诞。原来那闪耀的金光只是来自镀铜的屋檐罢了。石板铺就的小道从路边一直向前延伸进神庙大门。他一边四下张望，一边又向前跨了一步，在蓝紫色的暮色下，向无人守卫的门内窥探。在白日的灼热之后，这凉爽的昏暗光线令他放松下来。

他继续向前靠近，一边观察有没有人注意到他。四下无人，香蕉树的阔叶在他经过的路上投下尖尖的蝠翼状的黑影。他向上走了三级石阶，迟疑了一会儿，循着半明半暗的光线细细探察，接着，他踏进了神庙。

他的双眼过了一会儿才适应光线的变化，在灰蓝色的薄霭中，四周的轮廓渐渐显现出来。沿着墙根摆满了小神像，一个个都雕刻得怪诞丑陋。主神像凌驾于诸小神像之上，占了圣殿的一整面墙，矗立在雪松的主梁之下，精美绝伦。它有着人类的面庞，几排手臂在身侧伸展开来，掌心向上，指向埃斯卡戈。主神像呈坐姿，鼓起的肚腩几乎垂到细瘦的膝盖。下方的底座上，几条眼镜蛇翻腾扭动着；高处，神像在蓝光下昂起头，带着一种诡异的庄严。

但真正吸引埃斯卡戈的目光，驱使他靠近的，是静止不动的半人形神像上，好像有什么东西发出生动的光芒。似乎有什么在移动，但又无法解释这里会真的有生命存在，这长着许多手臂的怪诞神像不可能是活的。埃斯卡戈走近细看，猛然间，他意识到是神像的眼睛发出的光芒。

那双深邃的杏核眼，眼睑低垂，似有眼波流动。只见它们又闪过两道光辉，这下埃斯卡戈明白了：那双眼反射了从门口照进来的夕阳。它们之所以会在光的照射下闪耀，是因为每个瞳仁都由一颗硕大的宝石制成，半隐在低垂的眼睑之下。

他缓缓吸了口气，伫立在那儿，这两颗宝石足够支付一位国王的赎金了。家园、财富、安逸这些念头浮现在他的脑海中，让他移不开脚步。他昂着头，贪婪地盯着那双宝石，像夜猫吞下一只小鸟一样，恨不得用双眼将它们吞噬。被放逐的岁月、孑然一身的孤苦、被九尾猫鞭抽打的折磨都要结束了。肌肤白皙的女人、波尔多葡萄酒、巴黎气派的石头宅院、织锦的背心和腰间繁复的花边……这些都会有的。

他又往前走了一步，这下他的手碰到了供奉的黍子、大米、腐败的水果以及凋零的鲜花，它们凌乱地堆满了祭坛。他将手背抵在神像的莲花底座上，一声沉闷的撞击声响起，既不像金属的共振，也不像石头的闷响，那么，应该是木头，外面裹着薄薄的金箔，年深日久，金箔已经氧化发黑。不过，是什么材质已经不重要了。如果那两颗大宝石能被镶进去，那就也能被取出来。

但现在还不是时候，这需要精心筹谋，全力以赴，否则就是自寻死路。如果现在贸然行动，在门外的小径上走不了几步就会丧命。他早就知道后果，甚至在门口传来嘈杂的人声之前，他就已经知道了。

他立刻转身后撤，躲到神坛之外，迅疾隐到从入口无法看到的侧面，双脚张开紧贴着墙面移动，这一连串动作尽管匆忙，但做得悄无声息。到了敞开的入口处，他在角落蜷缩着藏起身子，伺机溜走。众教徒刚进门时会有片刻无法适应殿内昏暗的光线而看不清景物，那就是他的机会。

一道狭长的锥形阴影从门外延伸进来，如锋利的长矛刺穿了门槛，肆意蔓延，几乎直抵对面墙上的神衹；接着，阴影突然被折断，三个当地人踩着它进来了。他们很快从埃斯卡戈身边经过，现在，逃跑的路径安全了，但他还是冒着风险逗留在那儿，仔细观察那三个当地人的着装、祈祷用的编织垫的样式、携带祭物的方式以及他们祈祷的姿势和礼节。三人俯伏在神像前，额头触地，双臂在身体两边张开。

神像一侧的后墙上一扇门被打开了，一个身穿黄色长袍的僧人迤迤然走了出来，这门是他之前没有注意到的。僧人大抵是个半盲人，看不见蹲在入口处的异教徒。他扣着手往前走了几步，低下头，从挂在墙上的锣下面取出一把木槌。显然，日落便是他们祈祷的时刻。

这时，嘈杂的人声从外面传来，埃斯卡戈再也不能多做停留了，他努力伏低身子，尽可能使自己投在门口的阴影变得最小，他悄悄靠近门口，溜了出去。他跳到一边，沿着石板小路往下走，躲进了遮天蔽日的阔叶林中，发出一阵沙沙声。正在这时，一群新的信徒从主路上转进了石板路。

他们一定清晰地听到了他发出的沙沙声，并看到了他躲藏时碰到的那片阔叶正在不停地晃动。他蜷缩着，下巴挨着膝盖，一动不敢动，只能等他们离开。他褪色的制服外套上那种绿色或许能跟树叶融为一体。自从他穿上这身制服以来，这是他第一次为此感到庆幸。

当他们经过的时候，其中一个当地人回过头来看之前走过的路，跟同伴说那儿有树叶仍在晃动。埃斯卡戈发现其他人并不感兴趣，他们认为这只不过是一些受到惊扰的小动物逃跑引起的动静。他们没看到埃斯卡戈低着的头，就进了庙门。他等了一会儿，然后站起身来，转身离开小路，穿过灌木丛一路往回走。他在城镇道路上走了相当远的一段路，然后掸掉了身上的尘土，又开始了漫长的磨砺，回到营房。再过一天的军旅生活，就自由了！

一名晒成当地人肤色的水手，鼻子上穿着银环，站在高耸的东印度商船上。商船雄踞着碧绿的水面，故意为难那绕着它划动的小艇。

埃斯卡戈摇摇晃晃地从小艇里站起来，小艇的尖头一下子从

8

水面翘起。他将双手放在嘴边做成喇叭状，向那商船大声喊道："船长！船长！"

大船上的人大声回道："噢，船长？很好。"然后走了下来。他很快又出现了，点了点头，放下了一个由两条平行绳索和十字杠结成的软梯。埃斯卡戈抓住软梯，示意船夫在小艇里等着，然后带着陆人典型的笨拙姿势，在商船陡峭的船身边上荡来荡去。水手咧嘴一笑，把梯子扶正，防止梯子的两股绳缠绕在一起。当陌生人爬上舷墙时，一只脖子上挂着铃铛的小猴子吓得跳下甲板。

水手把他领到下面船长的住处。一个脸呈柠檬色的男人坐在桌子后面，手里拿着羽毛笔，正在清点着清单。他的光头上盖着一块头巾，身后的一个木架子上放着一顶汗津津的假发。一只长尾鹦鹉在栖木上磨着它的喙。船长用昏昏欲睡却依旧精明的眼睛打量着来访者。他似乎懂法语，虽然他的口音很难听。"什么事，士兵？"

"您今晚会顺着潮汐出航吗？"

"上帝愿意。"

"带上我需要多少钱？"

"我们不载客，法国人。公司的规定禁止这样做。另外，你在服役，不是吗？一个准逃兵，嗯？"

"随便你怎么叫。我再说一遍，说出把我送到欧洲的价格。"

葡萄牙人用羽毛笔轻轻地在下巴上来回扫着："你从哪弄到这

么多钱？路易国王付给他普通步兵的薪水有那么高吗？我可没听说过。"

"说出你的价格。"埃斯卡戈固执地重复。

船长看了他一会儿，突然像是要结束这段对话，说："一千个雷亚尔。"便假装继续算账。

"用我的钱说吧，我不认识你的。"

"这是一样的，金子在任何地方都是金子，一千个路易。你能付那么多钱吗？"他露出一口烂牙嘲笑道。

"不能的话，我会大老远来这讨厌的大船上吗？"

柠檬脸色的人抬起头来，突然有了兴趣。他把羽毛笔放在一边，把沙子撒在他填好的清单上。他放下沙筛时，手指上有东西在闪闪发光。

埃斯卡戈指着它，问："你戴的那块石头值多少钱？"

"我在果阿花了两千雷亚尔买的。"

这还不及那两颗石头的十分之一。一颗就值二百万里弗[1]，足以使人头晕目眩。"我会付你一千路易。只要……"

"只要？"船长嘲讽地附和道。

"只要你等我们到了欧洲再收钱。"

"你把我当什么傻瓜？"他用亮晶晶的小眼睛扫视着埃斯卡戈的制服。"我想，你是某个贵族家庭的一员，"他讽刺地说，"公爵，

---

1 古代法国货币单位。

你的父亲，会非常乐意为你付这笔钱。呸！你怕是热昏了头。"

埃斯卡戈气得嘴唇发白，说道："今晚我上船时，你会亲眼看到我有实力付给你钱的担保物。一个安全的信物，比你那微不足道的碎钻贵几百倍，但在这里不能兑换成钱，必须等我们到达欧洲。你觉得我说这些只是为了听自己的声音吗？你会有什么损失？如果今晚我身上没有值钱的东西可叫你满意，你就干脆把我送上岸去；如果我有，你得带上我一起航行。"

葡萄牙人的眼睛盯着他手指上的小钻石，比以往更加困倦。他抬起头来，和蔼地点点头，摊开双手："我为什么不信任你，士兵？你的话对我来说很好。你是个诚实的人，我也是个诚实的人。他们会告诉你，在这片水域，没有人比豪尔赫·西尔维拉更诚实的人了。你今晚上船时给我看一个安全担保物，至少相当于一千个金路易，我就载你，"他摩挲着喉咙上松软的鸡皮，"到一个尽可能远的地方去。"

埃斯卡戈说："我不能从城里的码头登船。你知道右面海岸边的那个小海湾吗？"

西尔维拉拿出一张海图，用手指沿着凹凸不平的海岸线勾勒。"你是说这里？在寺庙的树林后面？"

埃斯卡戈眨了眨眼睛，但脸上一片茫然。"你能让一艘小船在那儿等我吗？"

"是的，如果你想这样的话，但不迟于日落后一个小时，你们的人会在要塞开火。我们不能等，潮汐一来我们就起锚。如果你不准时到那里，小船就会自己回来。"

埃斯卡戈想，如果我不在那里，就是我死了。他大声说："告诉你的船夫，等一个穿本地服装的来。那时候天就黑了，让他们点一盏灯笼来指引我。"船长点点头，好像很清楚地意识到这些防范措施背后隐藏着某种抢劫计划，但这似乎一点也不困扰他。他把手指竖在鼻子旁边："不过，在我们远离海岸线之前的头一两天，最好还是不要让我的人知道你在船上。你的司令官可能不愿意你离开，并派人来登船搜查。"

埃斯卡戈点头赞同。"但是船工呢？他们还是会告诉别人的，不是吗？"

"我会派两个人来接你，我的伙计和另一个人，我会命令他们闭嘴，你可以躲在我的住处直到我们出海。在抵达大洋彼岸的莫桑比克之前，我们再也不会靠岸了。"他站起来，深深鞠躬，"我是你的仆人，豪尔赫·西尔维拉船长。现在，告诉我你的名字？"

"别管名字，"埃斯卡戈说，"叫我法国人吧。"

船长做了一个彬彬有礼的手势，伸手拿了一瓶波尔多酒。"来吧，我的秘密乘客，一起喝杯酒。"

"不，我必须回去值班。我来这里是没有许可的……"

"一杯酒，是为了达成我们的协议。"船长坚持说道。他把一个酒杯递给了埃斯卡戈，然后举起了自己的杯子，微笑着："为一千金路易干杯，为搭船去遥远的土地干杯。"

在日落前一刻钟，埃斯卡戈敲了敲他和许多同伴都认识的那扇门。他现在来到这里，避开客人和居民，只是为了换衣服，换上他腋下夹着的那一捆从集市上买的当地服装。他不知道在哪里换衣服被发现的风险会比这儿更低。

于是，他来到这个满是叮当作响的指铍和跳舞女孩的地方，这里天黑才开始迎客，他现在要来换衣服。

木门上的一个格栅被打开了，看门人从里面窥视着他，用头做了个动作，示意他走开，过会儿再来。

"朱莱卡。"埃斯卡戈坚持道,从格栅里递进一枚铜币。门开了，他走了进去，看门人领他穿过内院，来到一个死水池边，一个胖胖的、满脸皱纹的女人蹲在那儿，吃着芒果。她的胳膊上戴着一排紧实的银手镯，一直戴到肘部，胳膊上的赘肉像气球一样从手镯间隙膨胀开来。

他把钱币扔到她的大腿上，费了好大一番功夫才跟她说清，他在天黑后要与一个土生土长的高种姓女孩幽会，希望她帮忙乔装打扮。

最后那女人笑了。她在衣服上擦了擦手，收起钱币，费力地挣扎着站了起来。她一边说笑，一边把他领到院子外一个僻静的房间里。他脱下制服和沉重的方头军靴。

那个女人教他怎么穿宽松的当地服装，又拿出一种染料，将他的脸、手腕和脚踝染黑。她用蓝色颜料在他的额头上画了一个种姓记号。他将脚伸进新买的质地柔软的便鞋里，头上宽松地盖着一块布遮住了他的辫子。这不是伊斯兰国家，所以不需要戴头巾。

换装终于完成了，女人退后一步，对这对恋人的幽会低声祝福。当埃斯卡戈走出那所房子时，棕色的眼睛通过铁栅栏赞许地看着他，他走在狭窄的巷子里，和周围的人群别无二致。也许他比他们高出一两英寸，一开始走路不那么流畅和放松，因为他已经习惯了欧洲衣服的束缚。但他尽可能地纠正了这一点，让膝盖下垂，迫使自己缩短步幅，放松僵硬的背部。没人再多看他一眼。

他故意等到现在才买祈祷垫和祭品，以免带着这些到朱莱卡那泄露了他的真实意图。他找到一个售卖这两种东西的摊位，先在周围闲逛，直到其他几位顾客买完，他仔细地记下了价格，这样他就不必讨价还价，一开口他就会原形毕露。

一只胳膊肘里抱着一小碗柿子和一小碗小米，另一只胳膊下夹着祈祷垫，他踏上了旅程的最后阶段。这些是他献给一位快要失明的神的祭品。

在城门附近，他吓了一跳，一个下士和他的两个战友突然从一条小巷里走了出来，差点和他碰上。不知怎的，他设法抑制住了自己嘴边的誓言。他们毫不犹豫地一把推开了他，消失在小巷尽头，但就在这时他听到下士咕哝着："上帝啊！竟敢让我在大热天里四处追逐，我非打得他背上皮开肉绽不可！"

埃斯卡戈竭力克制着自己拔腿就跑的冲动，继续向前走，因为他现在知道，按军法，他已经是一个逃兵了。

太阳正从西边落下，他穿过城门，沿着红土路朝庙里走去。日落后他有一个小时的时间来登船，一切都取决于他在信众到达之前尽早进入神庙，以便做他不得不做的事。跟他同一个方向行进的人们三五成群，分散在他周围。一声低沉的锣音传来，带着无限的忧郁，在天鹅绒般的傍晚空气中颤动着，镀金的建筑慢慢爬上他眼前的地平线。

他迈着沉重的步伐向前走着，静静地低着头，眼神警惕。当他走到通往圣殿大门的石板路时，他感到自己身体在颤抖；血液直冲头顶，双腿突然变得无力，但表面上他不露声色。他以两个在他前面的信徒为榜样，跟在他们身后进入凉爽昏暗的室内。

他们白色的衣服引导着他模糊的视线，直到他习惯了光线。他能看见一些人影在石头地板上挤成一团，一动不动，像一袋袋的饭菜。尽管他们此刻如此被动，如此卑微，但每个个体身上都潜藏着死亡的力量，一旦他行差踏错，他们将在第一时间攻击他。一股熏香使发霉的空气变得香甜。在他前面的两个人走到了圣殿中间，站在神像前。有一瞬间，埃斯卡戈抬头看着他头顶上闪烁的宝石眼睛，它们似乎抓住了他，警告他怪诞的神祇早已了然他的计划。他很快就垂下目光，注视着眼前的仪式必需品。

他看着他们摊开席子，铺在地上，把祭品放在面前的地板上。

他也在他们后面几步远的地方照着做了，但他笨拙的动作很可能会出卖他。其他人走进殿内，在他周围安顿下来，直到他四周形成一片人头和肩膀的海洋。一旦他暴露了自己，至少会死个四十次。

他蹲在那里，低着头，似乎感觉到了神像正在注视着他，感觉到了他所知的闪耀光芒。他的神经绷得太紧了，甚至害怕自己会哭出来。他用极大的意志力强迫自己去思考财富会给他带来什么样的自由和奢侈。最后他冷静了下来。

他身边一件衣服的沙沙声给他发出了警告。他慢悠悠地转过头来，一个瘦弱年迈的黄袍僧人，停在他旁边，低头低语着什么。在这短短的一瞬间埃斯卡戈仿佛经历了好几年。那双深陷的眼睛在怀疑吗？他的手从袍子里伸了一半，他想要什么？僧人单独把他挑出来，是他犯了什么错误吗？也许即使是本地人，他也无权进入这里，也许他额头上的种姓标志完全属于另一个教派，崇拜其他神灵。

但那絮絮叨叨的低语必须得到回应，否则他就要死了。可是他不能回应，他张开嘴，无助地指着嘴，表示他是个哑巴。另一只手轻轻地从大腿向上移动，朝他藏在袍子下面的刀伸去，然后他停了下来：过早地行动是愚蠢的。

僧人那骨瘦如柴像爪子一样的手仍然向外伸展着。他瞥了一眼前面的两个人，瞬间明白过来，他们的祭品不在地上了。原来祭品不是由信徒自己拿到祭坛上去的，而是由僧人拿到那里的。他把地上的两个碗举起来。

尽管离得很近,僧人还是摸索了一会儿,才拿到那些东西,这就解释了僧人为什么总是一副凝视的眼神,他几乎失明了。他拿着祭品转身,拖着脚步走向祭坛,走到神像前,另一个僧人在那念经,背对着敬拜的人。

埃斯卡戈长出一口气,又低下头来,像周围其他人一样,跪在地上,额头触手,他的胳膊平放在地板上,他能感觉到血液冲到头顶。

滑动的脚沿着地板向他靠近。他微微抬起头,偷看了一下四周,一些信徒开始起身离去。除了由吟诵的僧人把祭品上供给神以外,祭拜似乎没有固定的典礼,也没有仪式,信徒停留的时间取决于他要祈祷多久。好吧,他将是他们中祈祷时间最长、最真诚的——因为他是在向自己祈祷。

从外面传来微弱的、遥远的轰鸣声。那是日落之枪,他的同胞每天把白色的百合花旗从堡垒上降下来时都要鸣枪。他现在只剩下一个小时,不会再多了。他不能耽搁太久,因为从这里到西尔维拉答应让船等候的那个海滩,这段路程对他来说并不熟悉。

光线一点一点暗下来,信徒们仍然在他周围磨蹭,脸埋在地板上,像尸体一样。他张开的双手收缩成愤怒的、不耐烦的拳头,碾着地板上的尘土,几乎要忍不住捶地。他强迫自己舒展开拳头,免得引人注意。

越来越多的信徒悄悄地走了出去，像影子一样，穿出半透明的松石绿矩形，那是大门。接着他看了看，只剩下一个崇拜者，一个身材魁梧的人，就在墙边。圣殿里只剩下一个僧侣在整理祭品，像一个挑剔的家庭主妇在收拾厨房。埃斯卡戈兴奋地想到他就是那个半瞎子。

他又低下了头，但随着时间的流逝，他第一次知道了真正的折磨是什么，是一种与身体疼痛无关的折磨。他扭动着身子，咬紧牙关，而在日落之枪和西尔维拉的船离开之前的宝贵时间迅速溜走了。那边那个胖乎乎的家伙是不是死在他蹲着的地方了？他是不是在祷告的时候睡着了？有什么能让人祈祷这么久？

他正下定决心要摆脱那个肥胖的信徒，唯一的办法就是爬到他身后，把一把刀插进他那皱巴巴的脖子里。这时一阵喘息和起伏声告诉他，那个人终于挣扎着站起来了，拖鞋的啪嗒声穿过石头地板，消失在门槛之外。

就是现在，终于到时候了。

慢慢地，像一条戴着兜帽的蛇从灌木丛中爬上来，埃斯卡戈溜到了僧侣的身后，后者正忙着数托盘里的铜币。屋外，灰绿的热带暮色很快转为沉沉夜幕。

随着三个快速的、无声的侧向跳跃，埃斯卡戈躲到了黑黢黢的墙下。他紧靠着其中一个较小的神像，屏住呼吸等待着。

又是一个永恒一般的等待，比前一个更糟，因为他不确定老傻瓜会不会半夜才离开祭坛。

当埃斯卡戈的手紧握着刀柄时,老人终于完成了自己的祈祷。他站起身来,转身向身后望去。他感到满意的是,所有的信徒都走了,他慢慢地向正门走去,从埃斯卡戈旁边走过,没有斜视一眼。慢慢地,他向后使劲,关上了身后的一扇大木门。

埃斯卡戈立刻决定,他不能再待在原地了;一旦两扇门都关好,殿内就太黑了,他无法成功爬到神像上。他必须趁现在外面的光线还能照进来,赶快爬上去,哪怕僧人就在他身后。这是疯子的冒险,但他可能有疯子的运气。古老的铰链发出刺耳的嘎吱声,足以掩盖他可能发出的任何声音。

他沿着墙飞奔,从侧面走到祭坛前。他在三角墙上找到一块没放祭品的空地,正好供他落脚,他抓住盘绕在一起的眼镜蛇的头,爬上了神像的一条腿。他从那里抓住神像伸出的双臂中最低的一只,另一只脚踩在展开的手掌上。接下来很简单,以神像的手为台阶,就像爬梯子一样往上。

他身后,大门的铰链在歌唱、哀鸣、吠叫,最后一缕灰绿色的暮光正被赶到门外。他必须在它消失之前爬上神像。

最上面的两条手臂更加危险,它们不再是完全水平,而是朝身体向下倾斜。但是神像戴着上翘的护肩甲,这就阻挡了他向上攀爬的脚步。

他跨坐在最上面的胳膊上,就像一个水手高高地跨在船的索具上，然后俯向内侧，把它抱在胸前。过了一会儿，他的脚趾尖在下面找到了另一只胳膊，在离神殿地面大约十五英尺的地方支撑着自己。僧人刚刚用一根沉重木头闩上了两扇大门，现在他转过身来。

埃斯卡戈脚下的地方一片漆黑，仿佛一池墨水。他攀爬的速度还不够快。僧侣像一个苍白的幽灵，从下面走回祭坛，他已经在这几扇墙之间度过了一生，对这里不能再熟悉了。

埃斯卡戈现在不怕被发现，但他面临着另一个危险：他怎么才能在这黑暗中安全地爬下去？

他一动不动地等着，身体因紧绷而颤抖，因为他用来踮脚的那只胳膊比上面那只稍远一点，他不得不痛苦地弓着身子支撑自己，哪怕一个小小的动作也可能会使神像上的金箔片脱落。

僧人把两块火石击在一起，一道亮光出现了。他点燃了一根芦苇做的点火条，发出微弱而稳定的火光。僧人用点火条点燃了三角墙上一盏铜灯的灯芯，接着是第二盏。黑色和黄色的影子跳动着，但埃斯卡戈藏在神像的阴影里。

僧人始终没有抬头看一眼。他把碗里撒出来的几粒米饭扫进嘴里，然后拿起其中一盏灯，慢慢地朝神像另一边的祭坛门口走去。他把灯盏放在那里，照亮了神祇的睡眠和掠夺者的道路。

埃斯卡戈一直等到僧人关门的微弱声音传来，寂静降临在这个洞穴般的地方，像一座坟墓。他下面那微弱、昏暗的苍白烛光，模糊地勾勒出事物的形状。

就是现在！

他拔出匕首，用牙齿咬着刀刃。他又把腿搭到神像最上面的胳膊上，沿着胳膊爬到肩膀。他坐在护肩甲上，像坐在两头高高翘起的马鞍上。他向前倾身，一只胳膊搂着神像的后颈，以防摔落。他立刻意识到，要到达神像的右眼，他必须原路爬下，然后再从另一边爬上去。但是左眼很容易就能够到。

他先是徒手试了试左眼的宝石，它从眼眶里凸出一些，刚好够他用指甲抓住，但无法移动。于是，他把刀拿到手上，开始在宝石周围连凿带撬，用刀尖在木头上挖出一道凹槽，然后，他把三分之一的刀刃插进木头里，来回地转动刀柄，像杠杆一样。宝石突然向前移动——它快掉出来了。

他怕它掉下去，撞到石头地板上，赶紧把刀咬在嘴里，用手托着石头，然后旋转扭动宝石，把它挖出来。

当宝石慢慢地从眼眶里出来的时候，他的震撼越来越大，它的深度似乎没有尽头。从外表上看，它已经足够大了，虽然是扁平的圆形，但它的后部逐渐变细，足足有指关节那么长。现在，他看到是宝石的长尖把它固定住了，就像楔子插进木头里一样。这颗宝石非常巨大，是一颗圆锥形的钻石，可能是亚历山大时期打磨出来的——也可能更早。那不重要，现在是他的了。它在他掌心里摇晃着，财富不可估量。

有什么东西吸引了他的目光。他向下看了一眼，一个穿着黄色长袍的人影站在下面，头向后仰，张着嘴，吓得僵住了。那个视力正常的僧人回来了。

埃斯卡戈只低头看了一眼，就疯狂地行动起来，一把将钻石塞进腰间的带子，沿着神像的肩膀爬行。他嘴里叼着匕首，发疯一样匆忙地从神像的手臂上爬下来。

僧人转过身来，急忙朝着铜锣旁的木槌跑去。埃斯卡戈不用看也知道僧人打算做什么。他缩短了往下爬的距离，不走山形墙，直接从最后的八英尺高处纵身一跃，蹲着着地以减轻冲击。即便如此，一阵剧痛还是从脚跟一直传到头顶。他像猫一样敏捷地挺直身子，猛冲过去。僧人已经到了锣槌前。他抓起锣槌，向后举过头顶，又把它向前挥动当作武器。

他不太习惯使用暴力——敲击的动作太慢了。埃斯卡戈挥舞着的手臂抓住了半空中的木槌，从僧人手里夺走了它，僧人被这猛烈的攻击带得身体转了半圈。埃斯卡戈用木槌狠狠地打在他头上，阻止了他的呼救声。木槌的杀伤力并不强，但它打晕了老僧人，使他摇摇晃晃，头昏眼花。埃斯卡戈没有给僧人第二次机会，就猛击他的喉咙，把他直接推到墙上，掐得他动弹不得，丢了半条命。

他从牙缝里拔出刀，深深地刺进了僧人挣扎着的黄袍里。僧人的舌头伸了出来，但没有发出声音。当刀子拔出时，猩红色和神圣的黄色混合在一起，埃斯卡戈把手从僧人的喉头移开，让他慢慢地从墙上跌到地板上。

埃斯卡戈站在后面,警惕地看着圣殿内侧的门,刚才的僧人就是从那里出来的,它仍然是个威胁。他不知道门里面是不是只有他看到的这两个人——至少他可以确定,还有第二个。尽管没人听到刚才的这场打斗,但最好还是不要逗留,最好对已经到手的钻石感到满意,别去为另一颗冒险,搞得鸡飞蛋打。日落的鸣枪声响起,似乎是很久以前了。如果他再在这里逗留下去,他可能会错过登船。这意味着死亡。在一个列兵的生命和竞选所需要的民意之间,他的上级会毫不犹豫地选择后者,哪怕只是为了避免大起义,他们也会把他交给当地人复仇。

他飞快地、鬼鬼祟祟地跨过围栏,拿起门闩。一个声音在他身后阴沉地回响,使他惊恐不已,他转过身,在黑暗中回望。

僧人毕竟还没有死,他靠墙跪着,两臂向外伸着,发出诅咒。他那微弱的、垂死的声音里充满了狂热,似乎用滚滚的斥责之声填满了空荡荡的神殿,这声音既微弱又空洞,但不知何故,异常骇人。

这些诅咒是外语,但诡异的是,他听懂了:

"没有名字、没有灵魂、在世上没有立足之地的不洁之物;落日后被遗弃的种族的垃圾!站起来听你的厄运!

"这个门槛标志着你被诅咒的边界。回过头来,向你惹怒的人卑躬屈膝,献上你悲惨的生活作为永远无法完全支付的部分补偿。

越过门槛，一千条生命也无法弥补。

"你得到了神的眼睛。这只眼睛会一直盯着你，带来厄运。凡在你后面来的，无论他们知不知情，只要拥有了它，把它留在身边，不归还给神明——他们的罪，都和你一样。这就是他们的命运：只要他们占有这珍宝，厄运将无情地降临在他们身上，他们即使躲在最深的海底或最高的山巅，也无法逃脱。他们的希望将破灭，他们最美好的计划将化为灰烬。只有当他们放下不属于他们的东西，才能逃脱。

"现在，去迎接你的因果报应吧，这是你亲手种下的。"

门闩掉了下来。当第一声致命的锣声在他身后响起时，埃斯卡戈推开两扇大门，一头扎进隐蔽的树林里。

当他盲目地穿过灌木丛，朝海滩走去时，身后的道路上已经到处都是搜寻他的灯笼和火把了。

月亮还没有升起，最后一缕暮色十分惨淡，无法为他照路，而神庙的"小树林"是野生的丛林。他绊了一跤，低下腰，双手交叉在头前挡住树枝和刺人的荆棘。他不知道海岸线在神庙后面多远，因为他以前从来没走过这条路。他只知道迟早会到达，因为它肯定在那里。但他绝不能错过海湾，如果他出丛林的地方太靠北面，远离城镇，他可能会在错误的方向上寻找接他的船；如果他从南面出来，则可能会被神庙的追兵杀死。

他跑得越来越快，原本路上随处可见的追捕的火把很快就被树叶挡住了,这意味着他唯一可以用来辨别方向的,他的出发点,已经不见了。白天几英里外就清晰可见的神庙建筑,现在被夜空吞噬了,但那令人发狂的锣声还在继续,每一响都在他的胸膛里回荡,就像是他自己心中的锣声。现在,他们又吹响了一种号角,听起来像公羊角制成的。

随着他离神庙渐远,喧哗声减弱了,接着,声音几乎完全消失,在他认为自己终于安全时,却传来了另一个更可怕的声音。他听到身后树枝哗哗作响,有几十个人追着他,他们猜到了他逃跑的方向。

他惊恐地回头瞥了一眼,看见了那不停闪烁的火光,就像愤怒的萤火虫,标志着他们的到来。他们稀疏地散开成一个巨大的半圆形,打算合围他。

他踉踉跄跄地向前逃,跌倒又挣扎地站起来;他害怕得发疯,撕掉了头巾和白色飘逸的长袍。他半裸着奔逃,只穿了条短裤,装着一颗价值两百万里弗的钻石和一把血淋淋的刀。马上他就后悔脱掉了长袍,因为树枝狠狠地抽打、撕扯着他那没有保护的皮肤;他白皙的身体使他和乔装之前一样显眼。

他一边逃跑,一边将一只手紧紧地贴在身侧,抓住那颗宝石。左边的追赶者已经追上了他,正从他身边经过要阻断他的前路;他们的火把在前面模糊地移动着,在空中拖着长长的、细细的火线。北边的追兵更少,不过也有灯光指引他们。他现在肯定是迷路了,以他这样的速度拼命飞奔到神庙后面的海边，不应该花这么久。因为海岸线看起来并没那么远，在镇上与它相接的那条路也并没有偏离得那么远，它的大部分都与海岸线平行。

他又一次跌倒，这救了他一命。就在他躺到地上时，他听到了他最想听到的声音，那是海滩上海水低沉的嗡嗡声和呼啸声，但不是在前面，而是在右边。原来，一段时间以来，他一直与海岸线平行而逃，而不是直接向海滩跑去。现在他肯定已经超过了他的目的地，海湾和等待的船，而他右边的追击者眼看就要到达水边，把他的路切断。他们会对他下手。

他抓住了唯一的机会，斜着迎向右边那些邪恶的火光，每一步，他都离它们更近。他只有很小的机会，先他们一步到达水边。

他确实做到了——但没有提前太多。悬垂的树枝和缠结在腿上的树叶突然消失了，他感觉到脚下白色的沙子——他出了丛林，这一切都太突然了，他还是用手护着头跟跟跄跄地向前跑了一两步，没有意识到已经没必要这么做了。

就在他走到右边的终点时，最快的一个追兵也到了，离他大约五十码远，举着长竿子，竿子顶端浸着燃烧的沥青。紧接着，第二个追兵也加入了，其他人也不远了。

但是埃斯卡戈无暇顾及他们。船在哪里？这不是一个小海湾，海滩笔直地伸展着，就像一支步枪从他身上向两个方向射击一样，尽管在黑暗中他的眼睛望不到远处。他已经不知道走错了多远的路了，正如他所担心的那样，他现在不能往右走，因为路已经被切断了；也不能向左边，他转过身去，见海滩上突然亮起了灯光。他被夹在中间，后面是一大群追兵，前面是一片漆黑无垠的大海。他像疯狂的舞者一样旋转着，一会儿向东，一会儿往西，喉咙里涌出将死之人的悲鸣声，淹没在空气中。

率先到达海滩的两个人自然早已看到了他。他们一边朝着他冲去，一边大声叫其他人过来。追兵向他狂奔而来，他们举着的火把顶端拖出一道道长长的火光。另一个人，毫无阻碍，领先了几步。火炬似乎是一个毁灭的光环在沙滩上飞驰。

他距左边的追兵更远，所以他开始向左边跑去。虽然两边都是死，但这样他可以多活几分钟。

他后面的两个追兵现在已经跟其他人会合了。突然，他短暂的安全地带也被切断了，就在他前面，没有任何警告，更多的灯光和跳跃的人影从丛林中涌出。他立即停下脚步调头，速度之快令他的脚后跟在沙滩上犁出了一道长长的弧线，他像是在玩什么捉人游戏似的，又朝着刚才来的方向冲了回去，仿佛一只茫然的飞蛾，直奔火炬的光辉。

他绝望地最后瞥了一眼黑暗的海面和漆黑天空的交界，刹那间，一道光在天际线亮起，那是一盏在船上的灯笼。

前一分钟那里还是一片漆黑，下一分钟，它就亮了。他看到了一定会到来的结局。在他看不到的地方，有一个围在海角之中的海湾，在这之前，船一直等在那儿。船已经穿过了海角，在开阔的水面上格外显眼，它离海岸越来越远了。

这艘小船没有等到他，将回到母船。随着他和船之间的距离渐远，船身的每次下降变得越来越长，每次上升越来越短。喊叫没用，它已经太远了，船夫听不见他疲惫的声音。但它就在那儿，他一定要追上它。潮水退去了，虽然海水中肯定满是鲨鱼，但这漆黑的海面是他唯一能通往自由的机会。

但是现在红色的火把来势汹汹地扫过他，一双手撕扯着他那汗湿的皮肤。两个追兵叫喊着追上了他。

埃斯卡戈抽出匕首，狠狠地刺了几下，一个敌人的手从他身上滑落下来，然后他向拿着火把的那人扑了过去，在对方把火把打到他头上之前，他钻到了火把下面，迅速朝那人的胸口猛刺了两下，把匕首插在了那里，没有时间再把它拔出来了。火把掉了下来，掉到了正在退潮的浅水中，发出巨大的嘶嘶声，埃斯卡戈站在黑暗里。

一支细长的标枪呼啸着，插进他脚边的沙滩，杆子颤动着。他们挥舞着弯刀和棍棒，从另一个方向来了。他转过身，朝海上跑去，径直穿过退潮的越来越深的沙滩。当他蹒跚着像跛足的人一样前进时，一连串的浪花慢慢地爬到他的小腿和大腿上；然后他突然一个俯身，开始游泳，并回头看了最后一眼。

他身后的海岸渐渐远去，挤满了那些不甘地挥舞着的火光，但没有人跟着他跳进海里。也许他们断定他会葬身鱼腹。

在他前方,灯笼又不见了,要么船夫浇灭了它,以防船被岸上的人看见;要么光线被海浪挡住了。但他并不十分害怕,因为他见过它一次,船一定还在前面的某个地方。

他现在侧身游泳,用下方的一只手击水,另一只手压在腰带上保护着钻石。这样游累了,他就把它拿出来,塞进嘴里,含在腮帮子的地方,又开始用双臂游泳。

当没有失败或死亡的念头时,时间和距离很快就过去了。他已经在水里待了二十分钟,身后的海岸已经看不到了,终于,黑暗中传来了船桨的划水声和船闸的摩擦声。但是他看不见那条船,他的力气也在迅速减弱。他发出一声嘶哑的、可怜的叫声,被水声淹没了。"在这里!"

刺耳的声音消失了,那盏灯笼在黑暗中闪耀,就像一个小太阳,然后又一次消失了。他们肯定是在绕着他转圈,试着确定他的位置。一个声音呼唤着他,但他已不能回应,也不能向那声音游去;他只能用手臂虚弱地拍几下水面,让自己能稍微漂浮久一点。

也许是他们听到了他狗刨式拍水的声音,也许是他命不该绝。小船回来了,但换了个方向,从左边靠近他。微弱的灯光再一次从他身边扫过,像灯塔上的光扫过海面。

他精疲力竭,双眼模糊,依稀看到两张蜡黄的面孔,像幽灵一样从黑暗中浮现,也看到小船漆黑的三角形船头在他前面倾斜。

两双手抓住了他的头发和手臂,把他拉起,越过船舷,接着,他便陷入了无意识的深渊。

当他睁开眼睛的时候,他躺在床铺里。一艘船的灯光在空气中不知疲倦地摇曳,一会儿慢慢地向这一边倾斜,一会儿又回到那一边,在光滑的红木板子上投下暖黄色的光。螺栓和木头发出的嘎吱声告诉他,这艘船在深水中航行。

然后他看到了栖木上的鹦鹉,它静静地看着他,他知道自己在哪里。这里是西尔维拉在商船上的住处,现在,船正在离开该死的印度,回家。他得救了,他自由了,他要发财了!他的舌头,小心地舔舐着一边腮帮里鼓起的硬物,感受着钻石的质感。

一顶潮湿的假发被随意地挂在木架上,仿佛一块作为战利品的头皮,埃斯卡戈的双眼掠过假发,猛然发现了假发的主人——一个黄色的光头。船长正在门口一动不动地注视着他。

埃斯卡戈虚弱地开口,这声音只够传到船长住处的另一头。

"我很好,船长。"他发出感激的轻叹。

船长转过身去,看着他身后的过道。"路易斯,看来我们的乘客醒了。"

他走进舱室,站在床铺前,一个船员跟着他进来,悄悄地关上了门。

现在,埃斯卡戈第一次意识到自己赤身裸体,连腰布都被人抢走了。他看见它在地板上,西尔维拉的脚前。葡萄牙船长正怒气冲冲地对他的手下说话，但埃斯卡戈知道，怒火是冲着他的。"你总说我是个聪明人。你说过在整个东方，没有比豪尔赫·西尔维拉更能讨价还价的了。你错了！你的船长是个傻瓜，他被一个逃兵的空话所欺骗。他冒着被军队追捕的危险，答应载一个赤手空拳的穷光蛋。你有没有在我们的这位乘客阁下身上看到任何价值相当于一千金路易的东西？也许是他的骨头？是他的皮？还是他那双猥琐呆滞的眼睛？"他恶毒地吐出这些话来。

"没带给我们，"大副嘟囔着说，"也许是要带给鲨鱼。"

西尔维拉的眼睛闪闪发光。"契约就是契约，"他赞同道，"我们的乘客必须回去，因为他没有完成他的任务。既然我们离开陆地已经有半个晚上了，我们还需要相当长的距离才能折回去……"他第一次转向埃斯卡戈，"送到鲨鱼中间，都别救他。"

恐惧让埃斯卡戈警觉起来。他清楚地看到了自己的处境：他完全听任这些人的摆布，他知道他们的仁慈不会比鲨鱼的仁慈温和。但后来他意识到，如果他聪明地对付他们，这些人可能会出于对金钱的贪婪而放过他。他那乡下人的精明告诉他，他不应该试图隐瞒他们钻石的存在。安全的做法是立即给他们看钻石。只要还有一线希望，让他们觉得放过他，他们还是可以得到钻石，他们就不会立刻将他喂鲨鱼。

但是等等！一旦他把它交出来，他仍然会听任他们的摆布，他们放过他唯一的理由就不存在了。

在朦胧的灯光下，他们还没有注意到他脸上那明显的隆起，因为他的那一边脸已经平躺在铺位上了。但是，当他赤身裸体无助地躺在他们面前的时候，他怎么能保证自己的安全呢？他要如何假装钻石就在他身边，却又不让他们拿到呢？只有一个办法。假装他把它藏在岸上，把它落在了一个只有他自己知道，他们找不到的地方。用钻石的信息交换他的性命，但是要等航行结束他才能说。这可能会使他在漫漫航程中遭受酷刑，但他别无选择。而且，如果他们走出房门，只要一会儿，他就能把钻石藏在舱室的某个地方。

但还没来得及解释他的新交易，西尔维拉就先开口了。他的怒气消失了，他现在说话时带着讽刺。"不，我们在说什么，路易斯？"他责备道，"这个人身体虚弱、精疲力竭，刚刚被我们从水里捞出来。现在不是谈生意的时候，让他先康复，让他吃喝吧。我们不是异教徒……"他转身走到桌边，把波尔多酒从酒瓶倒进一个高脚杯里，举起来："来，起来，法国人。暖暖身子。"他眼里闪烁着嘲弄的光芒。他猜到了吗？他是否意识到他们没有搜查彻底？

埃斯卡戈躺在那里不敢动。他自己的心跳像擂鼓一样，在他耳边发出警告。"我不渴，"他嘶哑地说，并不起身。

"你的声音很浑浊，"狡猾的船长说，"你的舌头一定肿了，喉咙干渴了。这会让你恢复元气的。"他的眼睛露出凶光。

斟满的酒杯离得越来越近，越来越近，一直到埃斯卡戈侧躺着的头边。一旦他的头稍有动静，去喝酒，就泄露了他的秘密。他只能一动不动地躺在那里。高脚杯拂过他紧闭的嘴唇。"从海上获救的人拒绝喝酒？"西尔维拉问道。突然，高脚杯不见了，在空中划出一道长长的、弯曲的、红宝石色的水花，船长的手紧握着埃斯卡戈的喉咙，另一只手抓着埃斯卡戈的头发，把他从铺位上拉起来。下面的面颊露出来了，还有它的凸起。

"快点，路易斯！"葡萄牙人喊道，"看到它藏在那里了吗？撬开他的嘴，别让他……"

大副粗糙的手狠狠地撕扯着埃斯卡戈的脸。一个弯曲的手指勾住他张开的嘴，找到了他想要的东西，把它拉了出来。

他们把他扔了回去，一时不理会他，那颗石头的大小和辉煌让他们感到惊愕，它就像一颗茶色的心脏，在灯笼的光芒下跳动。

"天哪！"西尔维拉吸了口气，"世间所有宝石之父！"

大副默默地张大了嘴巴。

"交易！你跟我的交易！"埃斯卡戈叫道。

西尔维拉和他的同伴将目光从钻石上抬起来，互相看着。他们的目光相遇，船长慢慢地把头转向铺上的人。"这笔交易应该遵守，"他凶狠地低声说，"一字不差地遵守！通往遥远的地方。扶住他的脚，路易斯。"

他们飞快地向他扑来。大副抓住了他的腿，船长抓住了他的脖子。他的另一只手死死地捂在那扭动着的法国人的嘴上。

他尖叫着,但无声无息。

他们把他从铺位上抬了起来,他的身体从肩膀到膝盖,像一条粗壮的白绳子那样扭动着,试图挣脱出来。他那无力的手臂徒劳地挥舞着,朝他们扫去,毫无杀伤力地攻击。他们把他从船舱里抱出来,鹦鹉在他们走的时候扇动着翅膀,好像在向他告别。

他们带着他,沿着一条黑暗的通道往前,那条通道在沉重的脚步声中吱吱作响,然后上了一个短楼梯,来到露天的甲板上。隐藏在那边的大海似乎在发出嘶嘶声,等待着迎接他。最后,当他们停在船舷边,并排着甩动埃斯卡戈,准备把他从上面扔下去时,西尔维拉那只堵着嘴的手移开了,想换个地方抓住他。

他没有尖叫,因为没有人能听见。他低声哀求,急忙呜咽着:"我把它给你!拿着它!只要让我活着!让我再看看我的家乡吧!"

船长低声说:"我们给你想要的,让你去一个遥远的地方。"

那艘商船从他身边驶离,印度洋猛冲上来迎接他,无尽黑暗,浩浩荡荡。

1792 年，巴黎

当他看到太阳终于落山，夜晚狭长的蓝色阴影开始向王宫花园探去；当他看到室外的小桌子到了夜晚被一一撤去，原本成群的行人渐渐稀少，开始往家走去，烛光在远近的百叶窗之间亮起，汤姆·克兰德尔长久以来的希望终于破灭了，那天，他知道她再也不会来了。

他最后一次在花园周围踱来踱去，痛苦而绝望。袭上心头的，不仅仅是失望，还有一种更为不祥的预感。他不是个自负的人，但她曾一度让他觉得她是喜欢他的——如果她有空的话，肯定早就到了。如果她病了，那她就会设法派那个老妇人来解释——他对此深信不疑。而那个丑老太婆肯定会来,因为尽管她嘴上不饶人,可还是向着他的。到底是怎么一回事呢?

现在阴影笼罩着王宫花园,长庚星平静地闪耀在上空,就像一颗镶在深蓝色天鹅绒上的钻石。现在希望她来也已经晚了,他对下一步要做的事情毫无头绪,这几乎让他发疯。他不能在没有见到她的情况下回到自己的藏身处;他无法忍受再撑过一星期才能见到她。他现在必须搞明白。唯一的办法就是去她家,即使这很危险。虽然他特别害怕发现她因为根本不爱他而爽约,但仍旧祈祷千万别是其他的原因——那就更可怕了。

他终于出发了,咒骂着自己为什么没在几个小时前这么做。之前,因为一想到她可能已经在路上了,他们会因此而错过,他就迟迟没有动身,等了一分钟又一分钟,一小时又一小时,一直等到现在。

当他到达记忆中的小巷入口时,迷宫般的街道已经一片漆黑了。这里的巷子太窄,房子太高,最后一丝微弱的暮光根本透不进来。他笨拙地学着乡下人的步态,缓缓向前走去。他第一次一边慢慢地穿过小巷,一边往深处看——不是为自己担心,而是担心鲁莽地去找她会给她带来危险。小巷仿佛一条寂静的隧道,空无一人。楼上一扇窗户内模糊地闪烁着烛光,但那不是她房间的窗户,她的窗户不在路的这边。

他向前走了一段距离,才缓下脚步,转身慢慢地回到小巷。

然后，在确信没有人看到的时候，他溜了进去，隐没于黑暗之中。他找到了她家的门道，周围是发霉的灰泥发出的腐味，他一想到她不得不住在这种地方，就顿感恶心。

楼道里没人，漆黑一片，他只好在黑暗中数着自己的步子，一段又一段台阶地往上走。

他终于找到了她的房门，门下没有透出一丝光亮。他在门口听了很长时间，在上楼途中，他听到了从其他几扇门后传来的说笑声，但这里却一点声音也没有。最后，他尽可能轻地敲了敲门，以免屋子里的其他人听到。可是，没有任何回应的脚步声，什么也没有，只有压抑的寂静。

他站在黑暗中，感到自己的身体因恐惧而变得虚弱。她走了，在这个时辰的巴黎，这可能意味着发生了比她下午爽约更可怕的事情。他努力使自己镇定下来，但他知道自己的恐惧是不无道理的，因为巴黎是由疯狗统治的——而她就自然而然地成了他们的猎物。

他在那儿站了一会儿，一只胳膊肘撑在门框上，低着头，在黑暗中望着地板。他现在才意识到他以前从未爱过。他从来没有这样痛苦过，他对她的强烈渴望甚至超过了对她可能遭遇不测的担心。而他什么也做不了，他不能指望在城市的骚动中找到她，他只能等待。然而，现在看来，等待是难以忍受的。

他又开始慢慢地走下楼梯，突然，一束忽闪忽闪的光线袭来，从下而上照亮了墙壁，楼梯上传来了上楼的脚步声。他迅速地移到扶手处，向下盯着，就等那个上楼的人在某个拐角处出现。

终于等到她来了——因为她走得很慢——他看到那是一个垂头丧气的老妇人的身影，低着头，独自向上爬，每走一两步就停下来休息和啜泣。他认出了那身黑色的衣裳，他突然感到一种无以名状的歌唱般的喜悦，就仿佛这个干瘪的丑老太婆就是他所爱的女人。

他在原地等着，然后，当她开始痛苦地爬上最后一段楼梯时，他轻轻叫了声她的名字，以示提醒，以免把她吓得发出某种泄露秘密的惊叫。"费尔南德。是你吗，费尔南德？"

她停了下来，不安地环顾四周，仿佛突然从某种内心的悲痛中挣脱出来。"谁在叫费尔南德？"然后，当他走到她举着的微弱的光下时，"又是你。"但这话并没有尖酸刻薄的意思。她顺从地把一只胳膊放了下来。"好吧，现在已经没有风险了。你想来就来吧，来找她吧，你找不到她的。"

听了这话，他完全忘记了要藏起来。他一头扎到她身边，粗暴地一把抓住她的胳膊。"你什么意思？她出了什么事？"

"别在这楼梯上大喊大叫，"她小声说，"虽然我不知道现在还有什么可失去的。"她叹了口气，"跟我来。如果你猜不出来，那我就得告诉你。"

这就是答案。他担心的事情发生了。

她的烛光扫过男人的脸，他的面色发白，在黑暗中一片模糊，而后她又往楼梯上照去。他急急忙忙地跟在她后面，迫切地想知道她能告诉自己什么，尽管他已心知肚明接下来会发生什么。

他关上她刚打开的门，看着她垂头丧气地站在他面前，用那束黯淡的火光点燃一支残烛时，他紧张得呼吸急促，用嘶哑的声音逼问道："你到底说不说？你舌头没了吗？快告诉我！告诉我！她在哪里？在哪里？"

"圣拉扎尔监狱，"她阴沉地回答，"被他们的混蛋法庭判处了死刑。"

狭长的房间里传来笑声，洋溢着机智、欢乐和勇敢的氛围。中央的烛光在四壁上投射出长长的阴影。这些影子的脑袋礼貌地朝对方转过来，成双成对地转动，一会儿这边，一会儿那边，形成一对一对的小影子，彼此吸引，把在他们前面和后面一样转动的其他小黑影都排除在外；它们活跃地点点头，欢快地闪烁着，偶尔在一阵消散的笑声中尽数模糊起来。如果一位观众面朝墙站着，只看着那些起伏的剪影，只听他们说的话，他会以为自己在一所大房子的沙龙里。因为那些影子的头，好像是在举行正式的宴会似的；他们小心翼翼地鞠躬，身子摇晃着，彬彬有礼，说话的声音很轻柔，还带着笑声。

"我能从你的眼睛里看到答案，伯爵夫人。"

"你真坏，神父，你把它们都看透了。你们男人都一样，你让我觉得自己又像个未婚少女了。"

"你让我觉得自己又像个新婚男人了。"

但是，如果观众从阴影转到房间本身，幻觉就会骤然破灭了。房间在地下，没有窗户。低矮的天花板因常年潮湿而斑驳成绿色。地板是用石块铺成的，并非镶木地板。门口用铁栅栏围住了，门外面，在那弯弯曲曲的石阶脚下，有一个肩上扛着一支火枪的卫兵在不停地来回踱步。由木桶拼凑成的饭桌上铺着长长的木板，上面摆满了食物和葡萄酒，但是十分粗糙简陋，用陶器、木盘和白蜡杯装着，而不是盛放在嘴唇习惯接触的水晶杯和塞夫勒瓷器里。那些在这幅场景下一起吃饭的人则衣衫褴褛，穿着毫不协调，尽管其中一两个女人设法制造了一丝正式着装的假象，但也仅仅是在肩上搭了一条花边，头发里插了一把梳子再撒上一点点面粉。

这是圣拉扎尔监狱的公共休息室，囚犯们无论男女，每天都要来这里两次，早晨要听死刑犯的点名，晚上要和那些只能活到第二天的人一起吃饭。

菲莉皮娜·德·桑西坐在桌子中间——因为这里的礼仪和凡尔赛一样严格。地位高的人坐在桌头，地位低的人坐在桌尾。她身旁是一个十八岁的年轻人，是家里第三个在七天之内坐在同一张桌子、同一把椅子上的人，他的祖父和父亲已经"登顶"。在她的另一边，坐着一个肥胖而狡猾的乡下贵族，那是她今天晚上的"晚餐搭档"，她发现那人不断地盯着她看，笨拙地试图安排约会——在一个唯一约会对象是死亡的地方——这举动令人非常难以忍受。

他刚刚用一只章鱼般蠕动的爪子抓住了她的手腕——感觉像是五条湿漉漉的小蛇同时爱抚着她,这令她恶心——就在这时,突然有人打断了他,让她松了口气。

"年轻的德·桑西小姐,下一个该你了。"一个声音喊道。在远离桌脚的空地上,他们正在玩一个叫"蒙特"(原文为法语,意为攀登)的游戏,在这个游戏中,每个参与者都将展示自己如何登上绞刑台。男人以勇敢作为评判标准,女人则看她们是否优雅。一把椅子代表断头台,前面放着一张矮凳,可以借此爬上去。

这种活动被作为一种餐桌上的消遣,每晚都要进行,是盲人摸象和捉迷藏两种游戏顺理成章的继承者,这两个游戏在他们的宴会上曾一度很受欢迎,而现在由于空间狭窄做不了了。这个新游戏也并没有什么不妥之处,他们一直游戏到了最后。生命曾经只是一场游戏,现在死亡也是。

菲莉皮娜站了起来,向后退了几步,像个即将表演的人一样,深深地行了个屈膝礼。

"现在请仔细观察,"她微笑着对身边的人说,"告诉我做得好不好,也请大家见谅,多多包容,因为我还没真的被砍头过。"

他们都转过身来,坐在椅子上看着她,因为她是他们中最年轻的女人,当然也是最漂亮的。

她敬礼之后,便向断头台走去——走得不是太快,因为面对死亡时露出匆忙的神色会被认为是一种不好的姿态;也不是太慢,因为这可能会被认为是一种犹豫,但是她走得很慎重,就像是在跳庄严的孔雀舞。她走到脚凳上,停了下来,环顾四周,仿佛在漠然地打量那拥挤不堪、血淋淋的革命广场。她爬上去的时候,一个男人帮她稳住了椅子。最后一步很难走,太陡了,然而,她似乎毫不费力地如流水般轻盈地向上滑动,她的头保持着直直的姿势,双臂放松,不经意间优雅地放在身侧。然后,她一动不动地站在椅子上,像个芭蕾舞演员正准备要做一个脚尖旋转动作。她的目光慢慢扫过下面的那些脸庞,这些人排成了两条长队,分别在桌子两边。她的嘴唇微微弯成一个微笑,这足以使她的表情不再冷漠,不再缺乏感情。

那些回头看她的脸庞,很快就会到她现在所处的位置,像她现在一样转过身,但它们低头看着的却是真实的恐怖场景,听到的是那些曾经是他们的手足同胞,如今却是唾弃他们的恶魔的嚎叫,最后望一眼上面的天空、看一眼脚下的地面——那是生命本身。然而,他们中没有一个人流露出她现在正在思索的那些想法,没有一双眼睛从她正在描绘的那一幕中移开,没有一只手坚定地举起来或捂住颤抖的嘴唇,或支撑住充满恐惧的额头。唯一动了动的手伸向了一只酒杯,这样酒杯主人就可以偷偷地抿上一口,同时用批判的眼光打量她;唯一动了动的嘴唇对一个身侧的人低声说了一句赞赏的话。

受虐狂吗?十八世纪并没有那么内敛。时尚潮流,也许是吧。

以这种方式对待死亡已经成为一种流行风格，死亡已经够糟糕的了，而过时则是不可想象的。

她现在跪了下来，裙子在她周围鼓起来，她一只手放在那个支撑她的人的肩膀上，头向前倾，直到她白色的喉咙被压到椅子的边缘，在真正的处决中，那里会有一个篮子——这个篮子——如饥似渴地候在断头台下面。这件事会做得很漂亮，很从容。

助手做了个割手的手势，以示"处决"已完成。

一阵赞叹的低语从桌子的一端传来，接着是一阵掌声，每一个旁观者都尽情鼓掌。"好极了！"几个人对她喊道。其中一个人把指尖勾在一起，放到嘴唇上，向她飞吻。

监狱外的哨兵几乎每晚都能看到这样的场景，他在石板上激烈地吐口水，以此来雄辩地表达他的共和党观点。

但是，在里面，人们却纷纷向刚上台的竞争者表示祝贺。

"无与伦比！"

"像丝绸一样顺滑！像泡沫一样轻盈！"

"没必要继续下去了。菲莉皮娜赢了这场比赛，她已经赢了我们所有人。"

其中一个女人热情地对她说："菲莉皮娜，如果他们先让你去，排在我前面，那你必须让我帮你打扮打扮。你会成为我们所有受害者中最好看的！"

当她回到桌旁，满面笑容地道谢时，他们听到了一声沉重的脚步声,踩在栏杆外弯曲的石梯上。原来的那些哨兵变得全神贯注起来,囚犯们的谈话无意中停顿了一下——实际上只是节奏放慢了——因为这意外的中断使他们措手不及。死刑犯的名单从来没在这个时间点被宣读过,新的囚犯也从未在这时候被逮捕进来过。然后,他们继续交谈,无视监狱外的世界。

"德·桑西!菲莉皮娜·德·桑西!"外面传来一个刺耳的声音,"有人要见你。"

菲莉皮娜抬起头。费尔南德正站在那儿,紧紧地靠在隔栏那儿,用泪汪汪的眼睛望着她。菲莉皮娜跳了起来,欢呼着跑了过去,他们隔着栏杆紧紧地拥抱在一起,接着,那姑娘又惊慌地往后退了。"你也是吗,我可怜的费尔南德?"

"不,我是来看看你的。"

"他们允许这样吗?这是我第一次听说……"

老妇人转向陪她下楼的卫兵。"让我进去怎么样?"

"我没有收到命令……"

"那就读一下这张特殊准入证上的命令吧。"老妇人拿出一张纸,厉声说。

卫兵给她开了门,她走了进来,然后把犯人拉到一个偏僻的没人能听到说话的角落。

"你让杜诺知道我的意愿了吗?"菲丽皮娜急切地小声说道,"他怎么说?你有答案吗?"

"有的,但没写在纸上,太危险了,毕竟,他是为公共安全委员会工作的,而你是一个受刑的贵族。我来口头告诉你。听到你同意接受他的'保护',他像个小男孩一样高兴坏了。"

"混蛋!"那姑娘喉咙发紧,轻蔑地说。

"答案是:'今晚!'他今天晚上会派人来找你,假借要对你进一步盘问。你会被带到他的私人公寓里去。一旦离开这里,他就可以很容易地假装之前是发生了误判,再对福奎尔·丁维尔本人说句话,就能把你的名字从死亡名单上划去了。当然,作为回报,他希望你能接受他的庇护……"

"我会接受的,"姑娘痛苦地说,"直到他厌倦了我,面前再次出现一张新的面孔,然后他就会把我扔回囚车里!不过别忘了,我们都可以玩两面派的游戏。我只是想利用他来离开这个活坟墓,然后,一旦我出去了,剩下的就由我那个美国伙伴来做。"

"可是他又能帮上什么忙呢?他们也在通缉他——悬赏要他的人头。"

那女孩挑衅地把头一扬。"他爱我,就像我爱他一样。真心相爱的人有勇气去做任何事,天使是站在我们这边的。听我说,我善良的老费尔南德,去找他。告诉他,他们今晚要带我去找杜诺,午夜我会和他单独待在他的公寓里。剩下的我就不说了……他知道该怎么做的。现在,快去王宫花园,仔细看看周围,你会看到乔装打扮的他就在那儿。在我被捕之前,那是我们经常见面的地方,我相信他现在还常常去那,想着能跟我谈谈,并且,请你向我担保,你绝对不会粗心大意地暴露他。"

那个忠实的老妇人,也就是她小时候的保姆,同情地看了她一眼,突然弯下腰来,吻了吻她的手:"上帝会保佑你的。你那么美,不会死的。"

"或者,更确切地说,"姑娘淡淡地笑着说,"爱得太深了,现在还不想死。"

第二天晚上,当她独自一人在房间的另一头来回踱步时,维伦纽夫,一个年长的贵族,不动声色地望了她许久,终于从座位上站起来,走近她。"你有心事,我亲爱的孩子,"他同情地说,"我不想打扰你,但是如果你愿意把这件事告诉我的话,请把我当作父亲,就像我把你当作女儿一样。我不会把事情说出去的。今晚你没怎么吃东西,心神飘忽不定,你也不怎么想说话,我不喜欢看到你这样。"

"我知道他们认为我是个懦夫,他们认为是我害怕接近死亡,所以才这么分心。他们已经对我冷淡了。不是这样的,请你相信我。"

"我知道不是那样的,这是个密谋,是为了把你放出去。但越接近那个时刻,你就越无法忍受这种悬念。不是吗?"

她惊讶地看着他。"是的。但你是怎么猜到的?"

他耸了耸肩。"从你昨天晚上在角落里跟你女仆耳语的样子,你又一整天心神不宁,很难不让人看出来……"

她犹豫了一下，然后脱口而出："几分钟后，他们会带我到这个叫杜诺的男人家里。我不知道他会给这里的狱警什么借口，但他是公共安全委员会的成员，他是他们的上级，他们不能违抗他的命令。我逐渐丧失勇气了……我害怕离开了这个地方反而遇到更糟糕的事情。那时就我一个人了，没有你们大家在我身边给我精神上的支持。"

"但你为什么要在夜深人静的时候与我们分离呢？"

她低下了头。"因为我写信给他，就是这个杜诺，我接受了他的保护，以换取我的生命。我这么做是听了我爱的那个年轻人的建议——我告诉过你的那个美国人——但是，现在这个时刻就在眼前，我却觉得脚下好像有个深渊在张开。我不知道他想干什么。"

维伦纽夫小心地四下看了看，然后压低了声音："但你的这个年轻人的心意是显而易见的。要有勇气，不要害怕这个会面。假装服从杜诺是让你离开这里的计谋的一部分，这儿可不在你爱人的控制范围之内。毫无疑问，你会被一两个卫兵步行带走，他打算单独或带一两个朋友去袭击他们，然后在从这儿到那儿的路上把你放了。你看不出来吗？我曾是一名军人，对这种策略我很熟悉。这是一种非常聪明的策略，尽管它看似讨厌，但必须这么做。"他拍拍她的手，"对你的年轻人有点信心，菲莉皮娜。你会活下去的，你会逃出去的。我非常确定，我将给你一份离别礼物，一份嫁妆，如果你成功地穿越了边境，它将使你的未来变得更顺遂一些。在这儿等着。"

他走到隔栏前,找了个借口,要求放他出去,然后就被带到了他自己的牢房。不久他就回来了,并在远处待了一会儿,直到确信守卫已经不再监视他。然后他又走到她身边,背对着她,从衬衫里摸出一个脏兮兮的小破布团,塞到她手里。

她转向墙壁,轻轻打开包装纸,凝视着里面的东西。这是一颗大到几乎令人难以置信的特殊的锥形钻石。她很快又把它盖了起来,试图还给他。"这一定是无价之宝啊!哦,先生,我不能要。"

他避开了它。"这对我毫无用处,小菲莉皮娜。我是一个老人,我被判处了死刑,是由一个比他们更大的法庭通过的——大限将至了。无论是明天还是下周,总会轮到我的,我一直等着。现在生命对我来说毫无价值。我最爱的人都先我一步登上了台阶,生存已经失去了它的意义。拿着这个,它会帮助你在国外有一个新的开始。自从到了这里,我就把它藏在了牢房里,在稻草下面,两块石板之间的裂缝里。当他们来逮捕我的时候,我来得及带走的就只有我们家族珠宝里的这个东西了。我本来是想用它来给自己的女儿买条命的,但还没等我有机会做什么,他们就叫了她的名字,把她关在囚车里带走了。"他叹了口气,"她才十八岁。从那以后,我就不再对它感兴趣了。"

"这石头有一段有意思的过去,"他忧郁地沉思着,继续说,"它最初来自印度。三十五年前,一位葡萄牙船长把它带到宫廷里,拿给路易十五国王看，希望国王能为他的情妇蓬帕杜夫人买下它。他仔细地看了看，但就在国王拿定了主意，还攥在手里的时候，疯狂的达米安就用一把折刀把他打倒了。他的思绪在鬼门关转了一圈，就拒绝了买下这块石头。当时我父亲正好在廷上，就把它买了下来，带回家给我母亲。第二天我父亲就死了，我记得，他的马把他扔到了我们的庄园里，把他踩死了。从那时起，那颗钻石就原封不动地放在母亲的珠宝盒里——母亲不喜欢它，因为它给她带来了痛苦的回忆，她无法忍受看到它。随着岁月的流逝，一种奇怪的死亡似乎降临在她身上，这是一种我从未见过的死亡症状，仿佛她的四肢一个接一个慢慢地睡着了，过了段时间，她除了眼睛以外，就什么也动不了了。最后，连眼珠也停止转动，就这样离开了。大限的到来对我母亲而言其实意味着一种仁慈。"

他们讲话太投入了，以至于没有看见士兵们走下台阶。一个沙哑的声音穿过栏杆传出来："女公民德·桑西，菲莉皮娜。贵族的女儿和贵族的妻子，也就是人民的敌人。站出来，走了！"

钥匙啪的一声响了起来，一只胳膊示意她出去。

她急忙把刚才维伦纽夫递给她的那件东西往胸前一塞，愁眉苦脸地转向他。她惊慌地抓着他的外套，不愿意走。

他温柔地解开她的双手，像父亲一样轻抚着它们，让她平静下来。

"为我祈祷吧，先生！"她几乎是在哭泣。

他慈爱地在她的额头上吻了一下,然后把手放在她的肩膀上,轻轻地把她转向士兵们,同时,他稍稍低下头,凑近她的耳朵,低声说:"鼓起勇气,菲莉皮娜,受惊的小女孩。勇往直前,面对你的命运。如果这就是生的机会,那么你的恐惧就是在浪费时间——之后你会明白这一点的。如果这就是死亡,那么你的恐惧也是在浪费时间——你以后也不会明白了。这是唯一的区别。有时我觉得生命中最美好的事情就是死亡。"

一支六人的小分队在一个空荡荡的广场上集合,像对待最危险的罪犯一样,她被引到他们中间,穿过寂静的夜路,向杜诺的私人寓所走去。一个中尉来带路。在每一个转弯处,每一个路口,她都期待着,希望着全副武装的救援人员的一次突然出击,一阵钢铁的碰撞声,一声手枪的枪响,然后能感受到有一条强壮的胳膊搂着她,把她抱起来,带到安全的地方。但是什么都没有发生,没有人阻止他们,巴黎围绕着他们睡着了,巴黎似乎也不关心她的生死,她只是众多生命中的一个罢了。

她故意放慢脚步,想拖慢护送她的人的脚步,以尽量拖延时间,可是她身后的两个男人每次都粗暴地把她往前推。

"这些贵族妇女连走路都不会,"中尉咆哮道,"他们已经习惯了坐在轿子里由仆人抬来抬去!"

"她不用走回去了,"其中一个士兵冷冷地答道,"这就是个单向步行道。"

另一个嘲笑道："公爵夫人，我们把你的脑袋取下来之后，你要把它送到哪里去？"

他们都笑了。

她打了个寒战。

突然，他们停了下来，旅程结束了。他们来到一所大房子前，房子周围三面都是空旷的院子。一道铁栏杆把院子和街道隔开，紧闭的大门里有一个岗哨。穿过庭院，烛光从一楼的两扇窗户中射出，就像一双斜睨着的眼睛在招呼她进去。其余的地方则是黑漆漆一片。

士兵们把枪托扔在她周围的鹅卵石上，发出一阵嘎嘎的响声。他们充其量就是稍受过训练，在任何别的军队里都会被嘲笑。现在再没人来就没有机会了，她绝望地向前看了看，向后看了看。街道上一片死寂，目之所及，无人相助。

"拉图尔、罗斯奈，把犯人带进来，剩下的人留在这里。你们听好，要是她不肯走，就把她抱着扛进来。"

院子里的哨兵打开了大门。她几乎把脚跟扎进了鹅卵石里。

她被两条胳膊抓住，无情地拖进了大门，她踉跄了一下，差点摔倒在他们中间。门在她身后砰的一声关上了，门闩哗啦地响了起来。现在已经太迟了，他已经失去了机会，要么就是他来得太迟，在他们走过去之后才来；要么就是来得太早，被人发现，然后被逮捕了；或者是走错了地方，白白埋伏一通。一切都结束了。她必死无疑了。

她直起身子，抬起头，穿过铺着石板的院子，朝那邪恶的、等待着的烛光走去。

他们敲了敲这座曾经是贵族豪宅的大门，另一个民兵打开了里面的一扇小门。这个杜诺，他被层层围裹着。经过一个小的大理石门厅后，她进到了一个房间，面前就是他。

他坐在一张大桌子前，手里拿着羽毛笔，摆出一副忙着处理一大堆乱七八糟文件的样子。不过，从窗户前窗帘的歪斜处来看，她有一种感觉，那就是他曾不止一次地盯着窗户，向外张望，等待着她的到来。他那刮得很糟糕的下巴和潮湿的头发散发出一种混合着白兰地的香味，就能判断出他刚刚一直在涂抹润发油和科隆水，并期待着她的到来。

他有一两分钟没有抬起头来，当他抬起头的时候，却是冲着那个中尉，而不是她。

"嗯？"

"圣拉扎尔的司令命令我把这个女人带到您面前来。"

杜诺翻看着他面前各种各样的文书，好像在寻找有关的文件。"在这里。啊，是的，我记得。对她被逮捕和审判的指控的重新审查。你可以把她留在这里由我看管。"非常公事公办，似乎没有意识到他们讨论的对象就在房间里。"向你们的指挥官报告，你们的任务已经完成。我将亲自把我的调查结果交给委员会，当然，我将负责对这名囚犯的看守,直到案件最后得到处置。"然后杜诺粗暴且不看一眼地对她说,"坐下吧,囚犯,等我准备好来处置你。"

她不安地坐到椅子最边缘,僵硬得像个机器。中尉敬了个礼,转身离开了房间,斜眼瞥了她一眼,露出会意的笑容。她满脸通红,垂下了双眼。

门被关上了。这时杜诺抬起头来,坐在桌子对面专注地看着她。

他终于开口了。"那么,你觉得圣拉扎尔怎么样?你看,你本可以在一周前甚至更早的时候把这些麻烦都省下来的。你可以从他们抓住你的那条小巷的小破屋直接来到这里,而不是再去地牢走一遭。你的运气,我的孩子,就在于碰到了我这样一个人,一旦看到了想要的东西,就不会轻易改变主意。否则,你现在会在哪里呢?"

她想,他是在惩罚她,因为第一次的时候,她拒绝了这个自认为迷人的男人。她望着他,没有回答。

"好吧,不管怎么说……"他做了一个罢了的手势,仿佛是要宽宏大量地结束进一步的相互指责,"在这儿总比在圣拉扎尔好,不是吗?"

护卫离开后,外面院子的门砰的一声关上了,这显然是他一直在等待的。他扔下手里摆弄的羽毛笔,站了起来,从桌子后面走出来,站在她面前。"喝一杯,"他建议道,"让你那娇嫩的小骨头放松一下,好吗?"

她僵硬地坐在椅子上，但还是肯定地点了点头。只要能争取到时间，做什么都好。不过，这游戏继续玩下去有什么意义呢？她现在被关在这里，克兰德尔够不着她，这处境可比在监狱里糟糕得多。然而，她仍抱着一线希望，用嘴唇沾了沾他为她倒的酒，而他的影子倒映在酒上，像是给酒下了毒。他的手落到了她的肩上。

她耸了耸肩，把它甩开了，但几乎不着痕迹，她肩膀微微下沉，让那爪子看上去是因为太重才掉了下来。它落了下来，却落到了一个更为熟悉的位置，他笨拙地想搂住她的腰，把她拉起来。

她突然站起来，向后退了一步，离开他的可及范围。"门口那个男人，"她警告道，抓住任何一个想得到的借口，"他在那里听我们说话让我很尴尬。你不能把他打发走，让他退下吗？"

他对她笑了笑，仿佛这话鼓励了他，然后他快步走到门口，打开门，说了几句话，又走回来。"好了，完事儿了。对一个命悬一线的人来说，你可真是一个小麻烦。"

这时她已经躲到一张高椅子后面去了。"这让我想起自己刚从地牢里出来。"她急促地喘着气说，"我穿了一身破衣裳，太羞愧了。我想让你看到我最好的一面，那么，你就不会后悔这笔买卖，我这算是自卖自夸了。"她的眼睛拼命地在房间里扫视，"我想，我也没有希望让自己在你面前更体面些了吧？"实际上，她是强迫自己从嘴里挤出这些话来的，但他也没有察觉出这其中有何细微的差别。

这个建议似乎取悦了他。"不管是酒吧女招待还是侯爵夫人，都一样。你们喜欢为我们打扮自己——虽然我们更希望你们完全不打扮。好吧，那就进去吧，如果你非要这么做的话。"他指了指那扇通向隔壁房间的镀金白门，在他的手再次垂下来之前，她就已经来到了那扇门的前面，就像振翅飞过去的一样。"你可以在那里找到一面镜子，或者一些前任主人留下的华丽服饰。我一直不敢相信你会来，直到最后一刻，你简直让我高兴极了。不过，明天我要你跟我一起去，你可以从今天被没收充公的绸缎中挑些喜欢的穿。"

接着，她看见他边说话边要靠近自己，便向他嫣然一笑，把他挡开，又急忙说了句"让我再在镜子前待一会儿"，然后当着他的面把门关上了。他对她肯定还有些敬畏，尽管她现在的处境无可奈何，这个姿势足以暂时抵挡他一阵。她能听到酒杯的响声，知道他又给自己倒了一杯白兰地。

但是，她知道自己不可能永远避开他，所以她心烦意乱地环顾四周，就像猎人的脚步已经接近，而她被困在圈套里似的。从前这房间是一间闺房，这地方也是一幢大豪宅。蜡烛已点燃，准备就绪了——她联想到了葬礼，更糟糕的是，她想到了这些蜡烛所预示的事情。彩绘的丘比特在天蓝色的天花板上嬉戏，拿着花环，里面装满了水果。杜诺的红色弗里吉亚帽立在一个旧帽架上。

但她的眼睛并不关注这些，她只看到了那扇被两面丝绒窗帘交织遮罩得严严实实的窗户。这窗户通向的，就是他们刚才领她穿过去的那个上了锁、有警卫把守的内院，尽管她想逃跑也会被逮个正着，但总比待在这里，等着她身后那个雕花玻璃门把手不祥地转动要好。那哨兵毕竟有一支火枪，也许，如果能在他猜出她的意图之前，一下子夺过来，把它贴在自己的心脏上，也就不会那么紧张了……

她急忙向窗帘走去，发出一声呜咽。"哦，克兰德尔，要是你就在附近……"

"我在，你以为我会走远吗？"在她发出尖叫之前，一只手伸了过来，捂住了她的嘴，然后帘子打开，他出现在她眼前，手里拿着剑。

他们彼此望了一会儿，眼神中饱含思念，仿佛他们有整整一夜的空闲时间。

"哦，我吓坏了……汤姆，你是怎么进来的？"

"我刚才看见他们把你带进来了。我在日落之前就潜伏在了另一侧的一间空房间里，我藏在一群人中间，悄无声息地穿过了正门，这些人来为另一个住在这里的伟人请愿，然后我就从他们的视线中溜走了。幸运的是，这个房间的窗框是弯曲的，我用剑把门闩提了起来。"

"我们怎么离开这里，汤姆？"她靠近他，低声说。

"我必须先对付他，菲莉皮娜。除了正面迎战，别无他法。有辆马车正停在附近的一条小路上，等着把我们带到边境去。一个朋友已经准备好了假证件，让我们用它蒙混过关。但是，如果杜诺留在这里发出警报，那就大大缩短了我们安全撤退的时间。要么夺他的命，要么，就是我们的命。"

"那就这么定了，汤姆。"她坚定地说。

"他在哪里？正等着你吗？在门的另一边？"隔壁房间传来白兰地酒杯的第二次碰杯声，答案显而易见。他蹑手蹑脚地朝门口走去，手里的剑微微摇晃，做好了准备。他把手伸向门把手，转动了一下。她向远处的墙边退缩，仿佛杜诺的威慑力大到现在就能吓着她似的。

门把手一转，杜诺的声音就响了起来。"啊，你终于打扮好了吗？我还以为你永远不会出来了呢。"

克兰德尔把门完全打开，果断地走进那片烛光中，回答说："不，她表示非常遗憾，我代她向你表示抱歉。"他随手把门关上，仿佛要把即将发生的事情挡在她的视线外。

杜诺发出一声嘶哑的惊呼，接着是玻璃杯被打碎和椅子倒下的碰撞声，然后传来了奔跑的脚步声，其他的脚步声紧随其后。一阵求救声突然被抑制住，还没发出来就消失了。一阵喘息，一声沉重的跌倒，一阵等待着的寂静。

但她再也忍受不了了。一想到可能是克兰德尔发生了意外，而不是杜诺，她就吓得又把门打开往里看了看。

她的心缓了一缓。杜诺伸开四肢躺在地上,肩膀平放在地板上,头直直地靠在桌子旁边。他已经被刺了一次,刺在左边,血从他的衬衫里渗出来,他的眼睛惊恐地向下瞪着克兰德尔那把直指他心脏的剑。

她无意中摸了摸自己的心口,觉得维伦纽夫送给她的离别礼物就夹在她的裙子里面。她迅速做了个劝阻的手势。"不,汤姆,别杀他。我不知道为什么,但是……我不希望他的血沾到我们头上。"

他不情愿地点点头,回过头来望着她,仿佛他已经有了这个想法。"你说得对,他没有武器,这并不像我想象得那么容易。"他举起剑,把剑面往下一砍,愤怒地噼啪一声打在杜诺的王冠上,使他恶心地低声抱怨。

"学着把你的脏手从女士们身上挪开!"他说着,怒火难抑。

"去帮我从褥上撕些布条下来,菲莉皮娜。"美国人说。他用剑指着颤抖的杜诺,对他咆哮道,"你,把你身上那件肮脏的破军装脱下来,快点,别再让你的猪血把它弄脏了!"

等她回来的时候,他已经穿上了那身军装,一条宽大的腰带围在他的腰间,就像革命者们穿的那样。她把从另一间屋子里拿来的红色羊毛自由帽递给他,他把帽子拉下来,遮住眼睛。"这样可以趁着黑暗从大门溜出去,"他喃喃地说,"如果他就看了我两眼,那他也不会清楚地记住了。"他迅速动手,把他们主子的手腕、膝盖和脚踝捆起来,再用一个固定的嘴塞堵住了他的嘴。

杜诺现在只剩下腰部以上的内衣了，稀疏的头发垂在眼睛上，像只桑给巴尔的猿猴，这看上去可不像个有志气的保护者。她一时报复心起。"汤姆，"她发出一阵嘲弄的笑声，说道，"那个求我的心，摸我手的东西是什么呢？是人还是猴子？"

"我自己也说不准，大概是麦田里的稻草人吧。"克兰德尔笑着回答说。他让杜诺躺在那里，把碎玻璃踢到一边，这样杜诺就看不到绑在上面的镣铐了。与此同时，她跑来跑去，急急忙忙地吹灭蜡烛，直到只剩下从外屋的那扇门里透进来的光，那扇门是被他小心翼翼地打开着，用于向外窥望的。

"我今天下午路过的时候，他就在这儿派了哨兵，"他告诉她，"今晚你来了，他一定把他打发走了。"

"那是我要求的。当时我也不知道自己想干什么，但我似乎误打误撞地做了现在对我们最有帮助的事情。"

他把外门的大钥匙转到外面，等她走出来后，就开始锁门。他们侧身靠在墙边，试探性地往黑暗的大院子里走了几步。他们可以认出站在另一头的哨兵，他靠在栅门上来回走动。克兰德尔把剑平放靠在身上，剑尖朝下，很好地藏在了他从杜诺那借来的外套里，但在必要时随时都可以出击。用手枪干任何事都是致命的，那声音可以把整个地方都震塌。

他们已经走到公寓门和庭院门的中间了，她突然停在他身边，之后他看见她把手伸进胸衣里。

"怎么了?"

"钻石,我弄丢了。准是我撕那些亚麻布的时候掉在地上了。"

"什么钻石?"

"监狱里的一位老先生在我离开之前作为嫁妆送给我的。"

"算了吧,菲莉皮娜。钻石对我们来说有什么用?你现在自由了,这就够嫁妆了。我会赤手空拳闯出我们的一片天地。"

"但它美得惊人,汤姆。你从来没见过像那样的钻石。"

"如果我们耽搁得太久,马车可能不会在约好的地点等我们,如果它开走了,我们就会被困在巴黎了。"

她犹豫了一下,又向前走了一步,仿佛听了他的话,终究放弃了钻石继续前进。突然——也许是因为她还穿着那身囚衣——她冲动地大喊起来:"不,我要的是我生命中到现在为止一直缺乏的东西,那是我们应得的,可以成全我们幸福的东西!"她转身匆匆回到他们刚离开的那道门。他则急忙跟在她身后。

"待在这儿,我只要一小会儿,"他为她打开门锁时,她低声说,"它肯定就在里面的某个地方。我一定要找到它。"

他站在门边,打开门,好让外面一丝微弱的光线透进来,同时手握剑柄,警惕地盯着院子。"需要火吗?"但她走得太远,已经听不见他的声音了。

杜诺一动不动地躺在地上,她匆匆走过时,在黑暗中还能辨认出他被绑着的身影。现在她不怕他了,因为她有克兰德尔。她走进卧室，在撕碎的床单和被单中匆匆寻找，几乎立刻就找到了那颗小破布球。她把它塞回裙子里，又走了出来。

克兰德尔正站在大门口等着，当她再次经过外面的房间，朝着大门走去时，她的脚碰到了一块平底玻璃杯的碎片，而它之前刚被克兰德尔小心翼翼地铲到杜诺够不着的地方，这下被她的脚踢了一下，它又跳了回去，落在杜诺身边，甚至可能已经碰到了他，或挤到了他身下，随时可以为他服务。她从来没有感觉到自己的拖鞋踢到了它，或者即使她感觉到了，也没有意识到它是什么。

"快点，"那美国人催促道，"我们还有很长的路要走，天马上就要亮了。"

她出来时，他重新锁上了门，把钥匙放进了口袋。他们又一次开始穿过院子，不知这一次是好是坏。

当他们从大楼的阴影里走出来，走进明亮的庭院中央时，他低声警告说："假装我是杜诺，正带你去委员会或是圣拉扎尔，哪一个都无所谓。你扮演一个抵抗的囚犯，这样他就不会盯我们太久了。"

他粗暴地抓住她的胳膊，他们走到大门口时，她愤愤地左右扭动，飘动的裙子遮掩了他不同于杜诺的步态。那个单独站岗的夜哨一看到他们，就停住了脚步。克兰德尔的脸一直侧着，好像为了牢牢控制住她似的，所以那人从正面看不清他，只看得见那顶松垂的帽子。

"开门！"克兰德尔气冲冲地说，好像因为要控制住她而上气不接下气似的，"这样我就能摆脱这个贵族悍妇了！"

"公民杜诺，"她尖声哀号，淹没了他的声音，"别带我回去，别，我求你了！"

那人拉开门闩，为他们打开了门。他们摇摇摆摆地走着，像喝醉了酒的人在跳舞似的。此时，哨兵的目光一下子落在了杜诺的大衣上。"你受伤了，公民！你衣服上有血。"

菲莉皮娜迅速反应过来，挤在他们中间，好像要发狂似的。"是我用剪刀剪的，如果有必要，我还会再剪一遍！我要你知道，那里可没有什么正常的审问！"

假杜诺用力拉着她沿着大路往前走，把她的头扭到一边，好像因为被压制而不好意思似的。她每走一步都挣扎着，但声音还不足以把别人吓到。他们可以听到那个哨兵在他们身后拼命忍住笑声，并砰的一声再次关上了大门。

他们又吵了一会儿，等远离杜诺的住处和至高街道后，他们短暂地停留了一会儿，一起深吸一口气，然后继续往前走。

克兰德尔说："我们从这里到布鲁塞尔的路途中，要面临的诸多障碍算是少了一个。这些革命民兵并不聪明。"

"马车在哪儿等我们？"她问。

"还要再转几个弯，在从前的加尔默罗会修道院旁边的一条黑巷子里。那栋楼现在没人住，也没有窗户，所以马车在那儿长时间等待比在其他地方更安全，不会被人看到。但现在我只希望它没有因为找不到我们，而放弃我们独自离开了，那样就真的完蛋了。我们以商人艾蒂安和朱丽叶·卡尔庞捷夫妇的身份旅行。请原谅我的冒昧，但这与我们是兄妹的说法相比，似乎引起注意的可能性更小，因为并没有任何'父母'陪伴我们。"

"这确实很冒昧，"她一边在他身边匆匆走着，一边调皮地低声说，"但如果你愿意，你大可在布鲁塞尔弥补过失，那里的教堂仍然开放。"

他又惊又喜，几乎停住了脚步。"菲莉皮娜，你是说你愿意……"

"先坐上马车，"她娴静地说，示意他往前走，"一件一件来。"

马车就在那儿。直到他们几乎走到它跟前，她才认出了它，因为在狭窄的黑暗的街道上它隐藏得非常好。一个人影突然走了出来，吓了她一跳，她发出一声低沉的喊叫，向克兰德尔身后缩去，这个人一定在门口偷看他们许久了。

"是你吗，克兰德尔？我不能肯定，因为你戴的那顶可恶的帽子。"他的脸被帽子遮住了，菲莉皮娜什么也看不见，他的声音听起来很有教养，但他说话时也像克兰德尔一样带着异国腔调。"我几乎要放弃你了。警戒员两次来盘问我们，我就买通了他们，我说我在跟一位女士幽会。这是你们的证件——签名是伪造的，但不太可能一眼看出来。这些革命官员大多不会写字，我们最近在这方面已经有了很多实践。当被问到时，不要说你们的目的地是边境。这些天,只要提到这个,他们就会立刻起疑。你和你的'妻子'正匆匆赶往某个乡村小镇,去看她临终的母亲,这就是你们的故事,在这种特殊时刻也足够作为离开巴黎的理由了。

"你从这里走这条路到亚眠,顺着这条路一直走到边境,会有精力充沛的马儿等着接替。第一次在亚眠,第二次在瓦朗谢讷,今天下午我已派了两个人提前去安排了。车夫虽然笨,但值得信赖。你知道朝那个方向的某个不起眼的村庄的名字吗?如果被问起,你可以说是在往那儿走。"

"不知道,"克兰德尔承认,"你知道吗?"

"真不走运,我对北方不熟悉。编一个吧,那样会更安全。"

菲莉皮娜不自觉地把手放到自己的怀里,若有所思。"格朗皮埃尔,"她即兴说道,想到了那颗能让他们开始新生活的宝石。

"很好,那就行了。当然,在最后一段路上,你们会调转方向,也就是往后走,而不是往前走。你们要离开那里,从你来时的边境返回。上帝将与你们同在。"

克兰德尔感激地抓住他的胳膊,没有说一句话。然后,他催促在他前面的菲莉皮娜走向那辆关着门的笨重的马车,他打开车门,跟着她上了车。

"你知道该走哪条路,"他对司机说,"亚眠路。"鞭子啪的一声抽打,马儿们跑了起来,跌跌撞撞地穿过狭窄的通道,一路刮着墙壁。漫长的旅程就这样开始了。

座位上有一件为她准备的带兜帽的旅行斗篷,虽然粗糙但很暖和。她穿上后,把她在圣拉扎尔穿的衣服藏了起来。克兰德尔脱下了自己身上那件杜诺的绿色外套,把它卷起来,轻轻打开门,瞅着机会,扔到了他们身后的路上。然后,他一把从头上摘下那顶帽子,做了个带着愤怒而厌恶的鬼脸。

"等我们过了城门你再摘掉它不是更好吗?"她问,"现在几乎每个人都戴着这样的帽子。"

"我做不到,即使我想这样,"他说,烦躁地用手指戳着头发,"别问我理由,那太肮脏了!"他把帽子扔了出去,把手伸在门外用力地擦了擦。

"那个为我们做了这么多的人是谁?"

他说:"一个和我一样的美国人,公平的意识使他冒这些风险,尽管他自己没有像我一样被列入黑名单。我是偶然遇见他的,他从我的口音知道我是同胞。我跟他说了一点,其余的他都猜出来了。他是谁,叫什么名字,我不知道,但是每个时代都有勇敢的人,他们的名字却永远不会被载入史册。"

她发誓说:"只要我活着,我每天晚上都会为他祈祷。"

"现在我想起来了,他确实对我说过一件事。他说:'那些不久前在我们自己的美国战场上为我们流血的不是这些暴民,而是他们现在像追捕动物一样追捕的贵族。现在不是该轮到我们向这些贵族表示感激了吗?'"

"我从没想过这个,"她喃喃地说,"的确如此。拉斐特是个贵族,罗尚博也是。"

马车飞快地奔驰了十五分钟,来到了通往亚眠路的入口。随着车子的减速,她向他缩得更近了。当车最终停下来时,他们都停止了呼吸。

明明只过去了片刻,却漫长得令人难受。接着,一个中士从警卫室里走出来,一盏提灯把它稀薄的橘色血光四溅在黑夜中。第二个人出现了,接着是第三个人。马车的外面变成了一个火堆,幽灵般的火焰舔舐着它。马车门被粗暴地撞开了,红彤彤的光线中,几张阴沉的脸望着他们。

"回去。"中士言简意赅地咕哝道,"太阳升起之前,谁也不能通过关卡。"

"我有福奎尔·丁维尔的特别许可。"克兰德尔说出了革命队伍中一个重要人物的名字,"这关系到生死,公民。"

他们怀疑地盯着那张纸,车厢里没有一丝呼吸。

"那是福奎尔·丁维尔写的吗?"一个人不确定地问另一个人。"灯光闪闪烁烁的,这字像在跳舞似的,我不敢肯定,它连站都站不住。"

第二个人抓了抓下巴和头顶,又挠了挠脖子后面,急切地想要表现出他高人一等的知识,但显然他做不到。

克兰德尔假装怒气冲冲地敲了敲自己的膝盖,恼怒地转向那个在他面前畏缩的姑娘。"你见过这样的事吗？他们认不出这位伟大爱国者的签名！如果我告诉他这件事……"

这句话唬住了第二个人，他相信了，虽然他知道的不比之前那个人多。"这是他的签名，好吧，"他确认道，把信递了回去，"我现在认出来了。还记得我们前几天张贴的公告吗？那上面的签名正是这样。"

"公告还贴着吗？比较一下，"中士命令道，"我都忘了，最好是再确认一遍。圣丹尼斯门下的奥巴克中士，前些晚上犯了个错误……"他压低声音，把一些军事纪律问题透露给那些士兵，不让他们听见。

当另一个人拿着两盏灯中的一盏，大步走着去完成他的使命时，克兰德尔可以明显感觉到菲莉皮娜不由自主地对他打了个寒战。他找到她的手，鼓励地捏了一下，对着她的耳朵悄声说："鼓起勇气。如果我认识我那位劳心劳力的朋友的话，他们一定会让我们过去的。"

中士又对他们问道："你们有什么急事要在这个时候出城？"

"我的岳母危在旦夕。"

"在格朗皮埃尔。"菲莉皮娜急忙插了一句，把脸转了过去。

"喂！"他把头往后一仰，笑了起来，"你是我见过的第一个如此重视岳母的男人！"

"太残酷了！我可怜的妈妈！"菲莉皮娜呜咽着，摇着头假装忧伤地靠在克兰德尔的肩膀上。

提灯的光芒沿着鹅卵石向他们反射过来，一个像青灰色蛋黄的光芯在黑暗中若隐若现，那个士兵比较完了签名，完成任务回来了。

他放下提灯。

"怎么样？"中士问。克兰德尔可以感觉到菲莉皮娜的指甲戳进了他的手臂，就像一张有五颗牙齿的小嘴在乞求帮助。

士兵用手比画着双臂的宽度，手里拿着文件。"你们还记得两天前下过雨吗？我忘了，你们呢？"

"大雨倾盆。"中士说。

"我们应该给公告加个框来保护它。那个签名只是印在墙上的，已经完全被冲掉了。"

"它看上去不太一样。"第一个被问签名是否真实的人大胆猜测。一旦说了，他就不愿再收回自己的话，他可不愿意名誉扫地。

克兰德尔趁热打铁，他对着菲莉皮娜提高了声音，虽然她的头靠他很近。"我们回去报告这件事。这总归是一种更快解决的方法，总比整夜站在这儿强。"

她很快就领悟了他的策略。"可这个时候他还在睡觉呢。"她大声反对道。

"那就让他们为吵醒他承担责任吧，可怪不了我们！"愤怒的克兰德尔说。

中士把他们被查问过的文件从车门那儿塞过去。"证件齐全，"

他说,"通过!"

"车夫,"克兰德尔体面地转述道,"如你所闻。"缰绳发出了起步时的吱吱声,蹄声像是序曲的鼓点。马车左右晃了一下,才真正开始前进。

中士现在迫切地要把他们打发走,正如之前他迫切地要扣留他们一般。"别站在那儿。打开关卡,让他们通过。"

"谢谢你,公民。"克兰德尔说,仍然带着一种生气的口吻。然后他又谦恭地说:"你是个好士兵,你只是尽了你的职责。"

"我会努力的。"中士说,"努力。"他因侥幸躲开了一次严重的违章行为而满脸笑容。他在结尾开的小玩笑,纯粹是出于解脱。"赶快到你的岳母那里去,否则她可能在你到之前就已经好了!国家万岁!"这是"万事如意"的新说法。

"国家万岁。"克兰德尔尽职地鹦鹉学舌。他低声用英语说了几句话,连菲莉皮娜都听不出来。也许这也是出于她的谦虚。

过了一会儿,低矮且庞大的中世纪巴黎古城墙从他们的头顶上掠过。他们到了外面——开阔的乡间。他们沿着长长的灰色的亚眠路摇摇晃晃地前进,在闪烁的星光下自由自在。

她高高地抬起头,喉咙都拱了起来,望着天上的星星。虽然她未曾开口,但那一定是在无声地感谢他们背后远超他们的势力,那些现在已经被她大多数同胞所敬而远之的势力。克兰德尔看见她画了个十字。

这些星星就像这么长时间以来它们一直照耀着的那个时代一样,克兰德尔这么想着,反过来审视着它们。十八世纪的星星,环绕着夜间的地球,它们的图案被织锦在一些巨大的铠甲或宫廷服装上。从它们的跳动中,他几乎可以觉察出天籁般舞曲的庄严节拍,因为它们看起来排成长长的一列,一会儿凑近,一会儿难以捉摸地向后缩,一会儿又转向另一个方向。这些机智、聪明、好奇、冷漠的天才,无情且超然,没有任何真正的怜悯之心——这就是十八世纪的星星。就像它们所装扮的那个时代一样,在第二天的黎明黯然失色之前,它们也在垂死挣扎。

未来会更美好还是更糟糕呢?是更明亮还是更严峻呢?他只清楚一件事,那就是未来不会再像以往那样了。那将是与以往截然不同的生活。

菲莉皮娜回头看了看,那里的城市在视野里逐渐缩小了,灯火闪烁,渐渐消失在黑暗中。"再见了,巴黎,"她低声说,"你在杀害自己的孩子。即便如此,我还是把一部分心留给了你,不管你是谁,不管你做了什么。"

泪水涌上了她的眼睛,但这只是暂时的。抛弃自己的出生地是很难的事。

他靠向她,把胳膊搂得更紧了。"我们已经离开那里了。"他安慰地说,"我们自由了,禁锢我们这么久的噩梦终于结束了。不再有监狱,不再有高墙。你看那边的那些树,像缕缕羽毛在夜风中摇曳。你看那片草地，在星光下结了一层霜，仿佛被撒上了一层细雪。你看那条路，它笔直地指向正前方，指向光明，就像箭头给我们指明方向。我们会在某处找到一个属于我们自己的小巴黎，就你和我两个人。"

被自由感染的新奇而陌生的情绪，和他对她一直以来的热爱，像酒一样融合在一起。他把脸俯向她，嘴唇紧紧地贴在她的嘴唇上，他们在摇晃着的马车的昏暗中融为一体。

第一声警报的讯号像是泛起的第一波涟漪，慢慢向外扩散，而那个不断波动的中心则是已经被松绑的、狂怒的杜诺。在太阳升起前，这波涟漪赶上并超过了他们。也许如果当初克兰德尔如他想的那样杀了杜诺，追捕他们的人会来得更快。一阵尘土在他们身后扬起，起初还很小，后来就膨胀成低空飘动的云团的大小，然后，那一团东西追上了他们，变成了两个疾驰的骑手。第一个闪过，只是看了一眼，做了个手势，向他的同伴示意。他后面的同伴掉转方向朝他们跑来，而马在吐着白沫。

"别慌，"克兰德尔向他身边的女孩安慰道，"这很好办。"他把剑竖着藏在椅子的坐垫上，以便随时拔出作为最后的防卫。但是当骑手示意马车夫停下来的时候，他却装出睡意蒙眬的样子，弯下身来，透过满是灰尘的窗户窥视他们。骑马人抓住门把手，拉开了门，没有下马。菲莉皮娜对他一下子过来带起的沙尘打了个喷嚏。

"有什么事吗？"克兰德尔问道。

"你在这条路上走了多久了？"

"怎么，我们从巴黎出发的，一直到现在。"克兰德尔说道，这话仿佛在说，这是一个多么愚蠢的问题——还能从哪儿来？

"你们是谁？"

"卡尔庞捷夫妇。我们去格朗皮埃尔。"

"通行文件呢？"

"在这里，按顺序整整齐齐的。"这个特别许可允许几小时后通过城门，但从现在起它已经无用了，因为它已发挥了作用，而且像他们这样的小人物按道理原本是不大可能得到这种东西的。

他仔细地看了看，然后递了回去。"在这路上有人从你面前经过吗？急匆匆地就像逃命一样，也许是规模很大的一群人？"

"晚上我们都睡着了，所以说不上来。你在找谁呢？还要找那些该死的保皇党？我还以为他们早就被赶尽杀绝了呢。"

"我不跟任何一个路人讨论我接到的命令。"那人粗声粗气地说，又咔嗒咔嗒地走开了。他的身影在远处逐渐缩小，正向前方传递警报。

克兰德尔转过身来看着她，但他的眼里闪着阴郁的光芒。"我应该按我的想法了结了杜诺。那样的话,在他们找到他的尸体之前，我们就提前有一天的时间了。这样一来，他一定是在我们出发后一个小时内就脱身了，就没那么快追上我们了。我们也许还能挺过去,但现在前面所有的城镇都提前得到了警报。"

"我们最好不要沾染鲜血,"她紧紧抓住他的胳膊,温柔地催促道,"让他们去吧,我不想要一个以谋杀开始的蜜月。我敢肯定,明天我们就会安全通过边境了。"

"发誓结为夫妻。"他低声补充说,温柔地看着她。

下午一点钟,他们坐着四轮马车来到有教堂的古老城镇亚眠,在那里他们第一次换马。也是时候了,因为那些把他们带到这里来的人已经累得蹒跚而行。他们在小客栈里休息了一会儿,吃了些面包、奶酪和红酒,然后就负责处理挽具。小客栈里传出了骑手们所传的消息,人们兴奋不已。

"我看见他们了,我敢肯定我看见了!"胖老板的妻子对所有听着的人说道,"太阳刚一升起,至少有六个骑马的人奔驰而过,缰绳都没拉。"

"六个?"为了菲莉皮娜,克兰德尔抬起了眉头问道,"他们长得怎么样?"他问得大胆,坐到他们坐着大嚼东西的地方,加入了闲谈。

"嗯……实际上我只是听到他们经过,"她纠正自己说,"我在后面生火,等我走到路上时,只剩下他们路过时扬起的灰尘了。但我知道是他们,一定是他们!除了他们还有谁能从我们这儿马不停蹄地走?"

他点点头,随后退出了讨论。

当他们再次出发的时候，亚眠在他们身后中午的黄褐色烟雾中渐渐消失，菲莉皮娜说："这种一直让我们免于被捕的奇迹，就好像天使把我们庇护在他们的翅膀下！"

"当然，"他温柔地回答，"因为它们此刻所保护的是它们自己的同类。"

天黑之前，他们又遭到了两次急速赶来的逮捕使者的搜查，第一次是一大群人，第二次几乎有一个骑兵连。追捕者越来越多，这可不是好兆头。杜诺那备受伤害的自尊心显然已经被激怒了，为了彻底报复，在他们被捕前他决不罢休。他一定向四面八方派出了小队——沿着海峡路向北；正东经兰斯到达斯特拉斯堡和莱茵河；沿着罗纳河谷向南到达萨伏伊边界；从西南向西，向西班牙走去，这是最长的，也是最不可能被遇上的。但是他和他们一样清楚，他们现在走的这条路是离开法国最短的路，也是最有可能走的路。凡是从恐怖中成功逃脱的人，都是从这条路逃出来的。

他们一次次地出示文件，一次次地受到严密的质询———次比一次更严密——但一次又一次免于被怀疑，并被允许继续畅通无阻地前进。当然，为了自卫，他们把离开城市的时间推后到昨天下午。如果他们在真正离开的时候承认离开，那几乎必然会被逮捕。幸运的是，他们时间安排得很好，以至于昨天下午离开的借口被轻易相信了。

在暮色渐弱的下午、黄昏和凌晨，车轮无休无止地转动着，让他们更加安全地跑完每个三英里,顺利通过每一个熟睡的小村庄,经过每一个路口。他们很少说话,之后可以用一辈子的时间来谈论这件事,但现在必须活下去。他的手偶尔会紧紧地握着她的手,当他们穿过某个小镇的外围时,偶尔会露出互相理解的目光,偶尔会啜一口从亚眠酒店带出来的水壶里的水,偶尔会喃喃地说一句:"亲爱的,你累吗?靠着我休息吧。"这就是他们交流的内容。

有一次她说:"在巴尔的摩或纽约,我们会有一所小房子,也许不是很威风,也不是很气派,但只供我们两个人住。房子四周有个花园,我会从窗户看你。哦,这一天不会太迟。"

午夜前一小时,他们驶进瓦朗西涅,在乳白色的月光下睡觉,这是他们在法国土地上的最后一站,他们在旅馆的马厩里等着最后一次换马。叫醒管家后,他们坐在厨房的角落里,吃着他匆忙烧热的兔肉,用面包擦着他们的盘子。"格朗皮埃尔?"管家搔了搔脑袋,"我从来没听说过,不过我很少旅行。"

"走了这么长时间,你是不是太累了,不能马上出发了?"当那人转过身来时,克兰德尔焦急地小声问她,"还是让我们在这儿待到天亮?"

"哦,不,我们走吧,"她害怕地恳求道,"我们现在离安全地带如此之近,如果再拖延,那就是在招致厄运了。而且,坚持要两个分开的卧室,会显得很奇怪,但我的良心禁止我和你睡在一起,除非我们结为夫妻。"

"我也更愿意继续前行,"他承认道,"我只是不想让你的负担太重。"

他们付了食物和马厩的钱,走到外面,又回到那辆刚套好缰绳的马车上。穿着睡衣的旅馆老板一手拿着蜡烛,一手打着呵欠,把他们从门口送了出去。

整个凌晨,他们都在路上疾驰着,也没有遇到过任何人来阻拦他们。整个大革命时期的法国似乎都在沉睡。黎明到来,钢青色的光笼罩着他们。在他们右边,第一次显现出了一条被晨光照亮的河流,它宽阔,与大路平行,在平坦的两岸之间缓慢地流动。

"看呐,"菲莉皮娜喊道,"那河叫什么?"

"我不知道它的名字。"他把头探出门外,对车夫喊道,"我们跟着的那条溪流叫什么?"

"默兹,"车夫回答,"你从这里看到的另一处河岸是奥地利荷属口岸。再过五分钟左右,我们就到渡口了。"

当他关上门,重新坐在她身边的时候,菲莉皮娜卸下了所有的防备,兴奋地伸出双臂搂住他,把她的脸颊贴在他的脸颊上,尽管他没有刮胡子。"我们得救了,我们自由了,我们又活过来了。哦,我的爱人,我的爱人,好了,一切都结束了!"一下子从长时间的紧张中放松下来,她几乎快晕过去了。"嘿,要是我们愿意的话,就在这个时候,我们几乎可以从马车上跳下来,跳到对岸去。"

"没必要,"他笑着说,"这会把你自己弄湿,会着凉的。只要五分钟，一切就都结束了。我们不能在快结束的时候失败！我们怎么能呢？"

她把手按在藏着的钻石上。"那我可能会失去我们所有的财产。"她像小精灵一样微笑着。

"当我们最后被审问时，"他警告说，"可以肯定的是，我们必须改变说辞。我们不是去往虚构的格朗皮埃尔，而是远离它。我会说我是法国胡格诺派后裔的荷兰人，从巴黎回到我的第二故乡。自国王路易十四以来，由于宗教信仰，有许多这样的人流亡在外。"

"嘘！我们靠岸了。"

在澄净的晨光中，天边染上了第一抹粉色的曙光，两个岗亭耸立在路的两边，路的尽头是河岸的一个平坦的渡口。

克兰德尔下车时，一名边防士兵走上前来，手里拿着步枪；另一个站在后面看着。

克兰德尔转过身来，扶菲莉皮娜下了马车。

"你们要去哪里？"卫兵问。

"布鲁塞尔。"

"去做什么？"

"我们住在那里。"

"你们在法国是做什么的？"

"我母亲病重，一直在格朗皮埃尔，"菲莉皮娜说，"我们被叫到她身边。现在她病好了，我们就回家了。"

克兰德尔展示了他们一路出示的通行文件。一匹疲惫的马在寂静中嘶鸣。

"按顺序来,"那人突然抬起头说,"过吧。"他把文件递回去,然后挥了挥他的火枪,示意远处的船夫过来接人。这艘驳船停泊在奥地利那边,昨天晚上,它带着最后一批出港旅客在那里休息。这些天进入法国的车辆不多。

那个穿木鞋的船夫也挥手回答——他们可以看得很清楚,因为距离不远——然后船夫开始把他的平底船撑离岸边。它慢慢地向前游,看上去几乎没有移动,但它正一点一点地向他们游来。

他们独自站在那儿,并排站在渡口平台上,两眼紧盯着它。当然马车已经转身往回走了。与此同时,他们身后港口正在换岗。一个两人的小分队,在一名中士的指挥下,从附近的营房沿路走来准备接班。他们四个人面对面,举起武器,换了个位置。

渡船现在已过了中流。

刚被换下来的其中一个士兵悠闲地踱了过来,走到码头上,站在他们旁边,一边送他们走,一边闲谈。

"我想今天会下雨。"

克兰德尔喜欢这样的开场白,这样一来,他们就不用再僵硬地转过身尴尬地等待了。他扫视天空:"我对此表示怀疑。这只是清晨的薄雾在清扫地面。"

"我是不是听见你对我的同伴谈到格朗皮埃尔了?"士兵继续

说,"这位女士的母亲住在哪条街上呢?"

他们停顿了一下,因为无法给出一个满意的答案,直到现在他们才知道曾经有过这样一个地方。菲莉皮娜并不害怕,对那个她认为只是不恰当但并非恶意的窥探微微一笑。她下意识地又碰了碰自己的胸衣。"啊,在中央广场,叫阿姆斯广场。"她温文从容地回答。与此同时,渡船的塌鼻船头在法国河岸上刮了一声,停了下来。

突然,那人的火枪猛地顶在了克兰德尔的肚皮上,速度快得让人看不清。"你再动一下,我就开枪!你们一定是那两只从巴黎飞过来的鸟儿,我们被吩咐要密切注意你们!"

"菲莉皮娜!"克兰德尔低声说,试图把她推开,"上船吧,救你自己!现在还有时间!"

她意识到,如果他看见她按照他的命令跳上船,他一定会抓住那把上了膛的武器对准自己,如果有必要,他甚至会朝自己开枪。

然而她靠得更近了,用胳膊搂住他,坚定地站在他身边。

"为什么你认为我们不是来自格朗皮埃尔呢?"克兰德尔问抓住他们的人。

"因为我来自格朗皮埃尔,那是我的出生地,直到六个月前我才离开那里。那里没有阿姆斯广场,没有中心广场,只有一条路直通这里。你在法国广袤无垠的土地上,选择了一个可怜的小村庄作为你谎言的对象,而我恰恰了解它的全部!"

克兰德尔颤抖着深深地吸了一口气,她看到他的头慢慢垂了下来,好像在说:"我们所有的希望和计划都到此为止了。这就是最后的结局。"

许是长期养成的习惯,尽管这习惯至今也没什么特殊含义,她下意识把手伸向怀中,那颗钻石就依偎在那里。那颗钻石本来是她送给他的嫁妆,他们的财产。它给了他们安全感,让他们在新的土地上重新开始。但若是身处断头台上,看着刀闪烁着向下坠落,而你的未来只剩最后五秒钟时,这未来又有什么用呢?还不如衣衫褴褛地挨着饿,就算没有容身之处,但至少可以自由自在。自由是不可动摇的,其余一切都以自由为前提。

突然,这块小石头出现在她平摊的手掌上,像太阳的一小部分一样散发出光芒。

"士兵,"她的声音颤抖着,充满了发自内心、不容置喙的热情和真诚,"你不只是一个士兵,作为一个人,你曾经爱过某个人吗?你愿意为了他们,为了和他们在一起而活下去吗?"

他头点得有些勉强,但还是承认了。

"喏,拿着。给我们生活和爱的权利。这要求那么高吗?"

他犹豫了一下,她把钻石拿得更近一些,几乎放到他的脸下面。

"我们做了什么坏事,还能做什么坏事呢?两个微不足道的人,只想要一个机会,幸福地生活下去罢了。"

他想把脸转过去,但那灼热的东西像一块磁铁一样把他的眼睛吸了回去。他的目光被紧紧吸引了。

她把自己的声音放低。"那么,就算你不为你自己着想,也为你的妻子想想吧,你那在格朗皮埃尔的妻子。我知道你一定很爱你的妻子。如果你愿意,她就不必再从早到晚耕地,不必再收拾干草,不必再洗刷河岸,不会再因无休止的辛劳而变老、变丑。她会成为一个富有、重要、受人尊敬的男人的妻子,她会是镇上最有名声的女人,最优秀的女公民。"

"既然我知道它在你手里,我可以用武力把它夺过来,但仍然不放你们走。"他犹豫不决地说。

"但是你只能保留一会儿,"她急忙指出,"然后你的军官会轮流把它从你手中夺去。在这种情况下,收益将是他们的,而不是你的。"

"但如果他们发现了……"他现在犹豫不决了,还需要再推他一把。

"有了这些钱,你就可以离开军队,回家去。金子能堵住嘴巴,这是一件毫无疑问的事情。"

他如此平静、实事求是,几乎有点敷衍了事地说道:"那就走吧,你们两个。把它扔到地上,这样我就可以说我并没有从你手里拿走它。"

她把它扔到地上,士兵把脚放在上面,站在那里。

远处从大路那边其他士兵聚集的地方传来了喊声:"那两个人

有什么问题吗,拉马克?"

他回头喊道:"我只是在向他们解释我的火枪是怎么用的。他们对它很好奇。"

他们登上了渡船,手挽着手。法国海岸在他们的视野里渐渐消失,就像梦中的什么东西在缓缓移动。

过了好长一段时间,他们看见身后的那个小个子弯下腰去捡什么东西,就好像是去捡一颗掉下的步枪子弹。

他们转向另一边。

"看看生活吧,"她轻声说,"它看起来多么美好啊。"

"看看明天吧,"克兰德尔低声说,"它是多么明亮啊。"

1871年,新奥尔良

这墙对沃德·沃特斯没什么威慑力,即便它再高一倍,还是挡不住沃德填饱肚子的打算。当一个饥饿的南方绅士长期没有按时吃饭,而又正好路过那么芬芳美味的油桃树时,枝条怎么能长那么老长伸到墙里头去呢?

他可没打算鬼鬼祟祟地去摘油桃,毕竟,这不是偷窃,而是一个绅士在自救。对沃德出身的社会圈子来说,这差别可大了去了。尽管六年前在里士满投降以来,这圈子风流云散,分崩离析。被夺了家产的年轻一辈渐渐成熟,还守着老一辈的骄矜。沃德压根儿没表现出一丝怯懦,没东张西望,他只是停下脚步,瞧一瞧那油桃，就下定了决心。然后他朝墙走去，蹲下，跳起，向上伸长了胳膊，抓住墙头。他身子精瘦，一下就翻了上去，跨坐在墙头上。现在，他可以自救了。

一栋房子在花园深处若隐若现。羽毛状的叶子在温暖的墨西哥湾沿岸微风中轻轻摇曳。然而沃德没看一眼。六年前，这种房子本来住满了他的同类人，即便沃德一个都不熟，只要和他们在一起，也会立刻感觉舒适自在。黑人把这些人叫做"高级家伙"。如今呢？在里士满、亚特兰大、查尔斯顿和他自己的萨凡纳，以及在这儿，假使这房子里真有人，也更可能是那些钻营投机的北方人。而他那些同类人呢？只能蜷缩在陌生的破房子里，或者跟他一样，四处流浪，身无分文。新的统治者给这种局面起了个好听的名字，叫"重建"。沃德·沃特斯可有更短、更难听的盎格鲁——撒克逊词来形容它。

但这会儿，政治可不是他要考虑的头等大事。他馋得流口水，尽管不想承认，肚子也似乎更空了。沃德把枝条拉向自己，摘下三颗大油桃，先把两颗塞进口袋留着以后吃，再对着第三颗吹了吹灰，一口深深地咬了下去。

不幸的是，他不得不松开枝条以便腾出双手。树枝一下子弹了回来，发出"嘶嘶"声。反弹的力道太大，整棵树都晃了起来。一颗大油桃应声而落，不偏不倚，正好砸在一个穿黄裙子的姑娘身上，随之响起一声尖叫。姑娘站起身来，以难以置信的目光，向上瞪着沃德·沃特斯,一只手抚着乌黑浓密的卷发,另一只手抓着那油桃。

这姿势她没保持多久。"喂!"她喊道,带点法语口音,"瞧瞧你像个什么样儿!"整个油桃在他脸上砸开了花。那就是一场爱情的开端。

沃特斯正吃着的油桃掉了下去,但他好歹保持住了平衡,人没掉下去。只看一眼,他就知道他俩是同样的出身。所以,即便他正跨坐在高墙上偷水果,他也必须保持风度。

"这可真是我受过的最甜蜜的一击啊。"他咕噜道,拿袖子擦了擦脸,上身前倾,微笑着向她致意。

年轻的黄裙子姑娘已经冷静了下来,对刚才的鲁莽有点不好意思。她吓得一只手盖着嘴,然后缓缓放下,放低了声音:"我得说,我刚才不是故意的。"

"没关系,那很可爱,"沃特斯安慰她,"我可以下来吗?"他不等允许就跳下来,双脚着地,很可能姑娘根本就不会允许呢。

年轻姑娘想起了她受过的教育。"我得走了,"她不太高兴,"我就当没见过你。"但她站着没动。

忽然一个粗壮的黑女人跟头大象似的,极其笨拙地穿过树丛跑了过来。她喘着粗气,打破了这两人因繁文缛节而产生的尴尬局面。

"谁啊?"她凶巴巴地问道,脚步忽然停住。

"呃……"姑娘结结巴巴,指着墙。

沃特斯做了自我介绍。"阿姨好，我是萨凡纳的沃德·沃特斯。"

"是那边沃特斯家的吗？拥有所有黛姆·迪戈地区领地的？"姑娘的黑女伴问道，眯着眼睛盯着他。

"那是我们的旁亲。"

"了不得，"她欣然点头，"我大哥过去就在他们家。"她转向姑娘，"亲爱的，你愿意见见沃德·沃特斯先生吗？"

那扔油桃的人端庄地点了点头。

"阿梅利亚·普利瓦尔小姐，请让我向您介绍沃德·沃特斯先生。"那包着头巾的保姆说道，带着股高级女祭司念咒语的神气。还没等这刚结识的两人说话，她又朝房子暗暗点点头，神秘地说，"他还在那儿。"

"我知道，"同样含糊的回答，"所以我尽量离那房子远点，躲在这里的树下。"

"我到处找你都找不到，他们又不停地让我找你。亲爱的，我都怕找不着你，你后妈要发火了。你现在最好赶紧回去。"

姑娘气呼呼地说："她骨子里就是个北方佬。这么久了，居然能让那人和我们同处一个屋檐下！"

"哼！"保姆轻蔑地表示赞同。

沃特斯站在那儿盯着地面，尽量不去听和自己无关的事情。

"他这次把东西带回来了，"黑女人继续说，"你知道的，就是战后他们从咱们家偷走的东西。"

姑娘气得声音都发抖了，"搞什么鬼！把本来就属于我们的东西还回来！接下来以求婚者身份当私人礼物再送给我！去他妈的他和他的钻石！"

沃特斯听到这几句，留神抬起头，目光锐利地盯住她。"你是说戴维斯·迪龙吗？那个北方佬？"

"你听说过他？"

"谁不知道他呢？我一穿过路易斯安那州边界就听说这名字了。他敢来你家？"

"根据他们的新……法律，直到今天这还不是我们的家！我们算闯入者。只有通过他，我们才可以留下。本来就是我们的，现在倒变成我们欠他人情了！凭什么？这个庄园自西班牙时代起就属于我的家人——我的曾祖父在美国从拿破仑手里买到路易斯安那之前就建造了这栋房子。现在一个博彩业老板，一个一文不名、毫无信誉的政客把它还给我们，说要赢取我的芳心！"她的眼睛里闪烁着怒火。

"亲爱的，别生气了，"黑嬷嬷安慰道，"现在世道不好过，但好日子会回来的。别担心。"

沃特斯不耐烦地来回晃着，身体重心从一只脚挪到另一只，大声说："我想在他走之前，我得跟他谈一谈。噢，当然不是谈论你，普利瓦尔小姐。但我想当他走到门口，要么会狠狠踩我，要么就是拿胳膊肘狠狠撞我。"

"噢，拜托，不要！"她突然大叫，挥舞着手，"他们没有原则。这些人，你根本就想不到！他们会在什么偏僻的小黑巷子里割开你的喉咙！"黑嬷嬷也说："他可不是什么好东西。现在整个镇子都是他说了算。"她那包着头巾的头不安地摇着。

阿梅利亚·普利瓦尔继续说："他会把你扔进监狱，囚禁你一辈子，那样咱俩的交情就到此为止了。"

如她所料，这最后几句话带着女性特有的情真意切，说服了他。姑娘伸出手来，两根手指轻轻碰了碰他的外套袖子，"现在向我保证，沃特斯先生。"

她微微点头致意，然后挽着黑嬷嬷的胳膊，转身向房子走去。显然姑娘很在意他。沃特斯忍不住高兴地笑起来。

当他转身沿着来时的路，再次朝墙走去，才看到那本书，那一定是油桃掉到她身上时，她正好在读的浪漫爱情故事。它躺在那里，如今被一种更具吸引力的、有血有肉的、不受书页限制的浪漫形式所取代了。这是他见到她之后，立刻产生的。他把它捡起来，向她走了一步，满怀柔情地低声叫道："普利瓦尔小姐！"仿佛怕惹恼了她似的，毕竟这是要提醒她注意到自己的疏忽。

姑娘正低声对黑嬷嬷说着什么，后者转过头来，蹒跚着回到他身边。当他要把书递给她时，她把书推在一边，然后带着点戏谑，歪着头说："难道说，萨凡纳的绅士们还得好好学学如何与年轻女士得体相处吗？！"她话里透着责备，"把它藏起来，别让她看见。"

她提起围裙遮挡视线,好让沃德偷偷把书藏到身后。"假装说这书不知怎么掉到墙外面了。明天从前门带进来,比如说,四点钟,这样她就可以当着大家的面感谢你了。"她翻了个白眼,仿佛发现他有些令人失望。"我从没想过我还得教一个南方男人怎么追姑娘!"然后她就走开了,朝着黄裙子追去。那机智的黄裙子主人一次头都没回,对身后的插曲似乎一点都不关心。

沃特斯保持着刚才的姿势,一条腿拖在身后,一只手按在胸前,仿佛做着白日梦,直到那抹黄色完全消失在远处后廊的蓝色朦胧中,才回过神来。

然后他像刚松开发条的陀螺那样飞快转身,带着书翻过墙头。嘴里还吹着小调,求爱的小调。

起居室的门开着,外面传来一个女人踩着硬木地板渐渐走近的脚步声。作为绅士,他尽职地站起来,动作之快,就像弹起来似的。当一位女士(任何女士)进入视线,甚至仅仅只是发出她即将出现的信号时,他就会迅速站起来——这观念已深入骨髓,这很重要。整个世界都曾依赖于此,仿佛不站起来,整个世界都要崩溃似的。实际上,世界确实崩溃了,但并不是因为这个。

她出现在门口,然后走进来,大约四十岁上下,比他昨天遇到的姑娘高些。她目光坚定,直视着他,也有点狡黠——好像这双眼睛一直在打量对手,估摸形势。她的头发乌黑,露出整个耳朵,在脑后紧紧挽了个髻。前额的绒绒碎发也梳得一丝不乱,一对小小的黑玉耳坠穿过耳垂，若隐若现地微微闪着光。

她穿着战后时兴的青铜色斜纹绸裙，这裙子不像张满了的帆那样鼓鼓地扫过整个地面。从前面看，它像个沙漏，胸部以下都束得紧紧的；从后面看，裙子的下半部分由铁丝和垂下来的布料组成，摇曳生姿。由于前后不均衡，穿着这裙子，似乎总显出向前欠身的样子。

她随身带着一把小小的折扇。他看得出来，这扇子与其说是扇风，不如说是用来摆架子的。

她目光敏锐，早已将他那勉强捯饬过的褴褛衣衫看在眼里。她干脆利落，略显警惕，并不友好。除了寒暄，她不肯对他多说一个词，甚至一个音节，仿佛预先知道他不会为她做任何事，也不会给她带来任何好处。

"请问您有何贵干？"

"夫人，我很荣幸捡到了这本书。我想它大概是……"扇柄指向大理石桌面。"放那儿吧。"他走过去放好，站住瞧着她。

她冷冷地点了点头，只是为了回应自己的想法，而不是回应他。"您期望一点报酬，是吗？"她半个转身，好像又要走出房间，去找钱包或类似的东西。他惊得手抖，她顿住了。

他脸色黯淡下去，慢慢涨红。"我愿意，"他语带哽咽，然后深吸一口气，补充道，"但愿受到主人的感谢。允许我向她致意。"

"谢谢您，您已经表示过敬意了。"

"但您不是主人。您不是'普利瓦尔小姐',对吗,夫人?"他那语调不是疑问,而是直接的否定句。

她假装没听到:"它属于这户人家……"

突然间,随着微弱的沙沙声,穿黄色连衣裙的姑娘已经出现在她身后。姑娘好像只是从某个特别近的地方走了一步,就踏了进来。只是现在她穿着白底绿叶的裙子。

母亲大为恼火。"阿梅利亚,我没叫你怎么就自己跑进来了?"

阿梅利亚垂下眼皮,显得十分娴静。"我不知道你在这里有事儿,我以为家里的房间都可以随便进出。我错了吗,妈妈?"

没人说话。阿梅利亚抬起眼睛,正好看向大理石桌子。"噢,我的书!"她高兴地叫道。她欣喜地做出拍手的手势,但没有发出声音。她小跑了三步,好像要在那书插翅飞走前抓住它,甚至在一个陌生男人面前像这样小跑也有点胆大。"谁找到的?"她明知故问。

普利瓦尔太太紧闭双唇。显然她并不想让他们对彼此多说一句话。沃特斯终于不得不自顾自说,同时仍然保持别人不介绍她就不对她讲话的习俗。"您能告诉那位小姐沃德·沃特斯感到非常荣幸吗?"普利瓦尔太太不说话,但至少是在姑娘所处的同一房间里提到了他的名字,他甚至还在两位女士中间鞠了一躬,算作正式的自我介绍。

阿梅利亚接受了他的介绍,但只盯着母亲的脸,就好像那是面镜子,能看到他的脸似的。"你会告诉沃特斯先生,普利瓦尔小姐谢谢他吗?"

这次他直接对她鞠躬。她朝他转过脸,微微点头。他们现在正式见面,没人能迫使他俩不对彼此说话了。

普利瓦尔太太无计可施,扇子轻拂着翘起的手腕,就像猫抽动它的尾巴一样。

"我们能坐下吗?"阿梅利亚喜笑颜开,小心翼翼地点头招呼着所有人。她优雅地在沙发上坐好。

他宁愿等普利瓦尔太太坐下再跟着坐下,哪怕双腿被截肢,只要有一个女人在场,他也宁愿站着。普利瓦尔太太又有了一招,她还没放弃。

她不高兴地笑笑:"恐怕我们没有……"

"噢,但是我们有!我们的礼仪呢?"阿梅利亚飞快地说。她伸手够着继母的胳膊,但不敢去拉或拽她坐到自己身旁。所以普利瓦尔太太能毫不费力地保持原来的姿势。但现在她们的胳膊挨着,因此无论从哪个角度看,从技术上来讲,普利瓦尔太太可以算是坐着的。

无论如何,他就当她坐下了。他坐在最近的椅子上,文雅地叉着双腿。只要脚别伸太远,没人会反对。

普利瓦尔太太仍然站着,像石笋般引人注目。她不能伸手强行把他们拉起来。她再次被一个幻影世界的幽灵礼节困住,这幻影世界五年前就该进坟墓了。

她微微耸了耸肩。不是冷漠地耸耸肩,而是要把阿梅利亚的手从自己胳膊上挪开。手松开了,普利瓦尔太太现在和姑娘在同一张沙发上。她僵硬而气鼓鼓地挨着沙发边上坐,离姑娘远远的。她绝没有默认他的来访,这只是一次战略撤退,只是为了获得进一步的反对声势。换句话说,她无疑打算立刻起身,示意他该走了。

但年轻对手的攻势依然难以捉摸。姑娘坐在沙发的另一头,没有给她时间做任何这样的逆转,却哀伤地喊道:"我说,我们在想什么?"然后,她没有过分抬高声音,而是甜甜地叫道,"朱迪斯嬷嬷,有位客人。"她声音悦耳,仿佛每个音节都流淌着音乐的华彩。

比阿梅利亚出现得更快,黑嬷嬷一下子跨了一大步走进来,不顾太太反对,端着一个小小的银托盘,上面盛着三只高脚玻璃杯。

茶点一上,这次拜访就显得很正式了。这样就没人能轻易站起来随便送客。

普利瓦尔太太的扇柄狠狠敲了敲她青铜色绸子下的膝盖。

阿梅利亚对着女仆微笑,虚伪地夸赞着:"噢,你知道我们在想什么!"她惊叹着,语气并不令人信服。"我猜到了,孩子。"朱迪斯嬷嬷开怀大笑。她第一次在女主人面前停下脚步,以无可挑剔的准确口吻问道:"小樱桃酒,普利瓦尔太太?"

尽管托盘上的阴影笼罩在她青铜色的大腿上,普利瓦尔太太并没伸手。在她接受或拒绝之前,托盘没法再往下传。她似乎既不打算接受，也不打算拒绝。先前那令人不舒服的姿势没赶走客人，也许现在能让客人感觉尴尬而提前离开。

阿梅利亚适时伸出手来，动作如此温柔而热情，以至于没有人会反对她这么做，她一下从托盘上取下两只玻璃杯。"我来吧，妈妈。"她喃喃地说。如同任何年轻女孩那样为年长的女人体贴地服务。

托盘很快被撤下，实际上是如此之快，几乎可以说是从玻璃杯下被快速抽走，以免有人放回玻璃杯，假使真有人这么想过的话。

随着另一句殷勤的"先生，想喝点樱桃酒吗"？它停在了第三个人面前。沃德·沃特斯取下高脚杯，带着他那个阶层惯有的漫不经心的放任，说了一句"谢谢"，然后继续注视着那微小而重要的一幕。

他一连看了好几眼。乍一看，普利瓦尔太太的手顽固地停留在她的膝盖上，没有伸手接住阿梅利亚举在其上方的玻璃杯。杯脚一动不动地悬空着。然后，突然，杯脚稍微倾斜了（毫无疑问并不引人注意，但杯中酒恰好与一边杯沿平齐，足以使液体流出来），而普利瓦尔太太飞快伸手抓住杯子，以保护她闪闪发亮、未受污染的膝盖。阿梅利亚放开杯子，普利瓦尔太太只好自己捧住。对客人的到来深表荣幸，三双眼睛都看得清清楚楚。

她的脸有些暗淡，也禁不住笑了，对着正要退出房间的朱迪思嬷嬷的背影挖苦道："我确实希望你能像现在一样，在下达命令之前总是执行命令，朱迪斯。"

"好的，太太。"从门槛上轻轻传来声音，那是温柔的胜利。沃特斯微微抬起酒杯。"祝两位健康，女士们。"他礼貌地举杯敬酒。

"谢谢。"阿梅利亚彬彬有礼地说，"也祝你健康。"她举杯微啜。那手势十分微妙，像个飞吻。当然，这肯定只是情人眼中纯粹的想象——没有像她这样的年轻姑娘会公然这么做——但沃特斯感觉血脉偾张，脖子根都红了，久久不退。普利瓦尔太太瞧了瞧他泛红的脸，又飞快转头望了望阿梅利亚，姑娘侧对着她，脸上没有一丝不对劲儿——眼帘低垂，双唇微合。尽管半信半疑，她还是什么都看不出来。

阿梅利亚抬起眼皮，然而并不看他，只向上看着天花板，显出一副无知而天真的神态。

他现在已经坐下来，也已经喝了酒，他得努力随便说点儿什么，否则前两件事儿就毫无意义。尽管应当由两位女士之一挑起话题，但这毕竟不像就座和喝酒，由他先开口并不失礼。三人都沉默，他得打破这尴尬的局面。

"您喜欢读萨克雷的书吗，普利瓦尔小姐？"他指的是为这次相遇创造机会的那本书。

"哦，我很喜欢……"她热情地回答。普利瓦尔太太不待她说完，再次盯着阿梅利亚。她那审视的目光仿佛点亮的蜡烛，直射到了姑娘脸上。"我说，阿梅利亚，你的书怎么会掉到墙外头去了?"她冲他一声冷笑,"我想你是在外面找到它的,沃特斯先生?"

阿梅利亚直视着她:"很抱歉昨天我一发脾气就扔出去了。"她的口气平平淡淡。"看得太生气了,还没反应过来它就飞出去,掉外头了。"她和他是同谋了,"过了一会儿,我有点后悔,但书已经彻底不见了。"她绝望地看着他。

"那你为什么不让朱迪斯去拿呢?你没想过沃特斯先生能找到它吧?"这语气可一点都不像是提问。

阿梅利亚转过身来。继母咄咄逼人。"呃,无论如何,我找到了。"沃特斯英勇地插进来。

"看来是这样。"普利瓦尔太太口气尖刻。

她不想继续这烦人的盘问了。也许是出于不满或愤怒,普利瓦尔太太不自然地深吸一口气,整个上半身都鼓了起来。胸口两团青铜色,仿佛一对球胸鸽直冲过去,紧紧抓住了她的乳房,转身头朝外,露出彩虹般的胸脯。这场面,沃特斯感觉快吐了。

她猛地一转身,一口没喝,把酒杯重重放到沙发那头的小桌子上。这是要送客了。

然后她喊道:"朱迪斯!"不等回答,又接着喊,"现在几点了?"

这已经不仅仅是暗示,这是直接宣告送客了。阿梅利亚气得张开嘴,却没说话。沃特斯放下酒杯,伸开双腿,准备站起来。这将是一场持久战,此刻不如见好就收,否则反而会由胜转败。但他暂时还没站起来。

这次朱迪斯嬷嬷没有马上进来,她慢慢悠悠不情不愿地走到离门口不远处,低头指着沃特斯闪闪发光的鞋头。鞋头在她的侧面,沃特斯有点不好意思,往后收了收脚。但嬷嬷的食指仍然指着他。

"短针朝那边。"她轻声说。另一只手指着她上方的门框,抬头望向它。"长针,像这样立着。"

"估计是四点。"女主人话里透着轻描淡写的鄙夷,"已经六十岁了,"她讽刺地说道——既不是对女仆,也不是对阿梅利亚或沃特斯——"还不会看钟呢。"

"四点五十四,太太。"朱迪斯嬷嬷笑眯眯地说,好像她刚刚被夸了似的。

"这是罗马数字,妈妈,"阿梅利亚亲切地看着朱迪斯嬷嬷,"你每次都得很仔细才能看清楚到底是数字几……"

"够了。"普利瓦尔太太打断她。太突然了,朱迪斯嬷嬷禁不住倒退一步。阿梅利亚闭上了嘴。

普利瓦尔太太果断站了起来,这次很坚决,没有任何商量余地。她第一次对沃特斯露出微笑,然而这笑容比不笑的平静面容更冷淡更满怀敌意。这是一个人最终获胜时,对对手的嘲笑。"年轻人,我现在必须请您离开了,"她冷冷地说,"因为我们一会儿还有一位客人。"

他站了起来,他还能怎么办?退潮了,再不走就失礼了。阿梅利亚固执地不肯站起来,仿佛即将起航前不肯解开的船锚。

普利瓦尔太太绕了个圈,站到两人之间,面朝门外。她腰后微微闪烁的裙摆使沃特斯想起了几百年前的大帆船,船尾高高的。"朱迪斯,"她吩咐,"沃特斯先生的帽子。"

他感觉像挨了一鞭子,双眼微垂。阿梅利亚震惊地睁大眼睛,不由想要抗议:"妈妈!"

"阿梅利亚,"普利瓦尔太太停了停转过头,"现在你得过来做准备了。"

阿梅利亚终于站了起来,磨磨蹭蹭地展开裙摆,就好像增加宽度可以使衣服更加精致。也许她只是希望让普利瓦尔太太看得更清楚些。"但是我已经准备好了,"她有气无力地说,"我不需要……"

普利瓦尔太太批评她:"那是一件早礼服,按我说的做。"她等着阿梅利亚走过来跟她一起离开,就像一个人用一根看不见的绳子或铁链束紧腰带,将一些顽强的俘虏拖到她身后。

现在阿梅利亚垂下眼皮,似乎在说:我已经尽力,以后该你采取主动了。这意思在那怏怏不乐低垂着的眼皮里,再明显不过了。

她冲他微微地正式一鞠躬。"我很荣幸与您相识。"她小声说道。

他深深鞠躬还礼,说道:"我也深感荣幸。"他淡褐色的眼睛入迷地看着她。

她同样凝视着他,慢慢走到门口,不得不侧过头。她索性转过身,就不用别转着脸了。"我们确实希望您能再次来……"她想再说几句。

"阿梅利亚,该走了!"普利瓦尔太太的语气像刀一样锋利。

朱迪斯嬷嬷用指尖轻轻抚着他的帽檐,慢悠悠的,简直不像在掸灰。她忧伤地低头看着,似乎是帽子——也许就是这顶帽子——使她难过。

"沃特斯先生。"阿梅利亚闷闷不乐地道别。

"普利瓦尔小姐。"他们的约会结束了。

因为他还在房间里,而不是立即跟在她后面,片刻之内她和她的继母一样都超出了他的视线。当她追上继母时,他听到她突然加快脚步,比之前缓和的脚步更快,更清晰,就像有人猛地拍了拍她肩膀,以加快步伐。

他走出来,她们都在上楼,已经爬了一半。两人并排,普利瓦尔太太走在外侧。他注意到,阿梅利亚一只胳膊僵着,没有摆动,好像被人紧紧扣着。然而两人贴得太紧,看不清楚。

两人谁也没回头,也没低头看他。他没指望,也不在乎普利瓦尔太太回不回头。但他确实期望在消失于彼此视线前,阿梅利亚能回头看他一眼。但她俩走进楼上的走廊,再也看不到了。片刻之后,一扇门打开了,阳光照过来,在走廊对面墙上映出一片明亮的长方形区域。两抹珍珠灰色的影子闪过墙面。木门锁咔嗒一声,影子消失了。

他不由发出一声叹息。朱迪斯嬷嬷终于不摸他的帽子了,和刚才一样愁眉苦脸地把帽子递给他,好像她没做好自己该做的事儿似的。

他对她微微一笑，她去打开大门。新客人到了，那人猛地勒住马缰绳，声音盖过那刺耳的开门声。

嬷嬷回头，一脸惊恐。"行行好，待会儿出门时什么都别对他说。"她急急地喃喃道。

"对谁说些什么？"他茫然地回声。

"刚到的这个人。"她苦恼地扭着手，"别给她惹麻烦，这对她没好处。"

他平静地笑笑，想让她冷静下来。"除非别人先跟我说话，我不会对他们先开口的。嬷嬷，你们都那么急性子吗？"

她现在使劲儿打开大门，这是避免冲突的最快方法。她跟上了发条似的，来来回回地念叨着："先生，日安。先生，日安。"

"老天啊，这是个多可怕的人哪。"他感叹道，"日安。"随后出了门，走到台阶的边缘，戴上帽子。他朦胧地感到她在身后徘徊，着急地看着他离开。

但是一个人大踏步走上前来，沃特斯的注意力全到了那人身上。他身材高大魁梧，宽肩蜂腰，体格健壮，四肢修长，走起路来风度翩翩。当这位先生还没走到跟前，沃特斯就注意到了所有这些令人喜爱的特征。然而当他渐渐走近，沃特斯一个接一个地注意到了那些令人不快的特点。他的服饰颜色和剪裁都过于花哨，袜子上镶着一颗晶莹剔透的钻石，没一会儿，随着他摆动手臂，第二颗也从手掌的一侧露出来闪着光。户外午后的空气本来清澈干净，现在却弥漫着一种黏糊糊的气味。

沃特斯看见了他的脸。沃特斯由于常年在外风餐露宿，脸都晒成了橡木色。而他的脸色比沃特斯淡很多，几乎和木兰花一样白。他的鼻子塌而宽，下唇厚重。一眼看过去，沃特斯简直是看到了一幅铅笔或石膏绘制，令人恶心的死神幻象。这死神面具套在活人的肩膀上，从他身边走过。沃特斯不安地眨眨眼，后方的幻影消失了。长长的浅棕色，近乎金黄色的直发披散着，将这幻象消除了。

沃特斯站在那里，半个转身，盯着他，但那一瞬间四目相对后，那人却再没回头看他。

朱迪斯嬷嬷笑脸相迎。她对沃特斯说话虽然硬邦邦的，却比这笑容感觉更真诚些。"请进，先生，请进！请走这边。太太和小姐正等着您呢。请走这边，先生。下午好。"

他进去了。她独自站在门口，看着他走进屋子。她的表情胜过千言万语。那是沉默甚至叛逆的表情，笑意转瞬即逝，甚至抽都没抽一下。眼里透着不信任和蔑视。沃特斯举手示意，向后退了一步。她迅速走近他，也许是为了阻止他走近。

"我刚刚看到谁走进去了？"他简直难以置信，"这人怎么回事？"

"我不知道，先生。"她惊慌失措。她回头看看生怕有人听到，然后看着沃特斯，再看看门口。

他扣紧她的手腕。"你知道。请你告诉我。"他执意坚持。

她停下来，似乎认命了。手腕依然被他握着，她微微合上眼，"他们说他得了某种病，我不记得叫什么了，很长的名字。"

他瞪着她，然后他松开手。"那他还敢来追求她？"他低声说。

她转身，小跑进屋关上门，似乎怕他再进去。

他又等了一会儿。门关着，什么都看不到，玻璃幕帘一动不动。他这才掉转脚后跟，从门廊下来，出了大门，直走到外面的人行道上。

一辆黑色的马车和两匹健硕的枣红马等在那儿。奇怪的是，在这个普遍黑人做工的小镇上，马车夫却是个白人，一个有酒糟鼻和砖红色大八字胡的爱尔兰白人。

第二天，戴维斯·狄龙，在政客圈里绰号"钻石戴维"，正享受着仆人为他梳洗。忽然，他咆哮道："你他妈的给我放手。"他抽出右手，在围兜上擦干，再从胳膊肘那儿的烟盒里抽出一支哈瓦那雪茄，一口咬掉雪茄头，"扑通"丢进垃圾桶。女仆赶紧点燃火柴。他假装没看到，女仆只好举着火柴，却不敢主动伸手递给雪茄的主人。他直等到火柴快烧到她手指头了，才把嘴凑过去。雪茄总是要一小会儿才能点燃的，女仆痛得倒抽一口气，皱起眉来。

他慢悠悠点燃雪茄，才算结束这场折磨。燃尽了的火柴掉到桌上。女仆略一低头，一只手捂着眼睛，烧焦了的另一只颤颤巍巍地泡进刚才用过的那碗肥皂水里。

她一声都不敢出,他却想引她说一句似的。"怎么了?"他叼着雪茄笑起来。

"没事,"她低声说,"只是我手上有几个水泡,不太好干活儿。"

"你没丢掉火柴。"他说道,好像在夸她的坚毅。

"是的,先生。"她说,"不然你又要像上次那样打我耳光了。"

"我可没打你。"他俏皮天真地说,"我只是拍了拍你的脸。可能有点疼,但你觉得我是在打你吗?"

"不,先生,我知道你没有。"

"那你哭什么?"

"我吓了一跳。我没料到你会拍我。"

"既然每次都要烧到手指,那这次为什么还要给我点火柴?"

"如果我不这么做,您……"意思是他每次都会等着,直到她不得不点上。

"看好了,我教你一招,避免每次被烧到。"他一本正经地说。他又抽出一根火柴点上。烧到一半,换另一只手,把火柴倒过来,捏住烧光了的另一头。"这样你就有两倍长的时间来抓着它,我也能点上火了。好好练,明天再试试。"

她两眼哀愁地闪了一下。

"不过,就算你烧伤了手,"他追问,"你还是很满意这份工作,是吗?"

"哦，是的，先生，非常满意。"

"你很高兴我把你从费城带到这里来，做我的私人美甲师吧？"

"是的，非常感激。"她沮丧地说。

"你知道你每天肯定会得到一大笔小费，手上那点小水泡根本不在话下，是吧？"

"是的，先生。我知道。"

"你在夫人那里感觉怎么样？"

"很舒服。"她喃喃地说，难以言喻的恐惧令她合上双眼。

"那些男人晚上不怎么折腾你吧？你都习惯了吗？"

她笑容惨淡。"我……现在已经习惯了。"

他也笑了笑，报复似的。"起初你可不习惯。"

"不，只是刚开始不习惯。"

这次他索性哈哈大笑起来。"我知道——他们告诉我了。只好在一晚把你拖回来三次。"

"我太紧张了。"她垂头丧气。

他笑得更厉害了。"你是说你是个好姑娘。"他忽然打住，挑衅地问，"后悔不？"

她顺从地说道："后悔是对已经发生过的事儿。既然过去已无法改变，后悔又有什么用呢？"

他的手扫下来，狠狠拍着她的肩，但这不是要打她，而是表示赞赏。"就是这样！我就喜欢这种精神。你都不知道自己六个月后会是谁,甚至都不记得自己以前什么样儿。就这么想。五六年后,你太老做不动了,就带上做这行赚到的一大笔钱,收拾收拾回费城去,还能继续做美甲当个副业。"

"是的,先生。"每次都是同样的回答,哪怕只是他的一个微小表情,都以"是的,先生"结束。她伸出手来,想抓住他的手指继续没干完的活儿。

但在让她这么做之前,他先转过自己的手,亲自检查起指甲来。

"多上点儿亮光油。"他亲密地指示,用更亲密的口气说,"试试把那底下的白色去掉。"

他迅速抬头看了一眼理发师,看看后者有没有留意到他这后半句。理发师正待在他身旁,等着继续为他理发。

理发师面无表情,努力假装没听到。

理发师和美甲师一样,都是从北方带过来的。身边伺候他的人,狄龙只喜欢安排从北方来的。伺候他,说"是的,先生",感觉指尖烧着了却不敢表现出来。最重要的是,每次服务后都要拿起他不屑一顾的礼物。他是一个酒鬼,权力就是他的酒,令他无法自拔。

他再次仰靠在理发椅上,两条腿叉成九十度,伸长了脚,吞云吐雾。一团团雪茄烟直喷到那不幸的辛辛那提人脸上。理发师弯着腰,握着一把镶钻的刷子和同样镶钻的剃须杯,两者均按狄龙要求定制。

理发师呛出泪来,无助地一次又一次挥舞着剃须刀,又在泪眼模糊中一次次收回。狄龙笑了，带着点懒懒的满足感，好像有人给他皮肤涂上了舒缓的乳液。他一字一顿缓缓说道："你要是划破了一点点，哪怕就一点点，我就把这支雪茄戳到你眼睛里去。你要是敢割伤我，那我就会发疯。记住咯，你可别说我没警告过你。"他愉悦地睁大眼睛，雪茄芯在烟灰盖下发出幽幽红光。

理发师本就脸色蜡黄，这时更是吓得面如土色。他的手腕发起抖来。他这位主顾的威胁很可能成真，也许那正是他偷偷期待着的，以便施行他警告过的惩罚。还好这时候忽然发生意外，高高的桃花心木门开了，一个骨瘦如柴，像雪貂一样的小矮人探头进来。他的身量就只配得上旋转的小酒吧门，与那两扇庄重的大门完全不成比例，简直是对后者的亵渎。

"嘿，戴维，"他焦急地问，"我能进来吗？"他北方口音，嗓音尖细，像是捏着鼻子发出来的。即便戴着比他肩更宽的种植园帽子，穿着织锦缎小背心，也掩藏不住他那来自纽约、布法罗或其他什么地方贫民窟的气质。狄龙最初从"大重建"的污水池里冒出头时，麦吉·伯索尔就和他沆瀣一气了。随着他在各种肮脏交易里发挥的作用越来越大，他早已被当成了自己人，可以捡点儿主子桌上掉下来的面包屑吃吃。而且，即便没人证明，他也是无可争议的北方人后裔。身高仅五英尺多，所以他对狄龙的自信心毫无威胁。

"你得先敲门。"狄龙傲慢地说，其实那时门已经开了。"你刚刚叫我什么？"他没有转向理发师或美甲师，但他当然知道他们在那儿。

伯索尔尽职尽责，毫无异议，一条胳膊绕到自己背后，简洁而力度适中地在其中一扇门的外侧敲了敲。

"狄龙先生。"他像个顽皮的小男孩，被舞蹈教师教着如何正确地走向舞伴。

"这样好多了。"坐在椅子上的那个人十分高傲，"你现在可以进来了。"

伯索尔走进来，在椅子周围转一圈，然后在离椅子较远处停住。他站在那儿沉默了片刻，就像宫廷里的人，皇室成员如果不先说话，他也不说话。

狄龙终于微微转过头看他，"有什么事吗？"

伯索尔轻轻拍了拍脑袋，"是的，有……"然后他停住了。

多年长期相处，他们只彼此交换了个眼色，就能心领神会。

伯索尔慢悠悠地走向房间深处。停在靠着后墙的大理石梳妆台前，拿起一根狄龙日常用的钻石大头钉。然后他瞥了一眼椅子的后面，从他的位置，只能看到狄龙的后脑勺。他又看了看挂在墙上，正对着椅子的椭圆镜子，从镜子里看到狄龙的脸和围兜的上半部分。他冲着狄龙举起大头钉，拇指紧紧按着钻石，然后扔回梳妆台上。狄龙回看了他一眼，抬起头，拉开围兜，擦了擦脸。"好了，你们两个。"他下令，"今天就到这里吧。你们可以走了。"

他们立即收起了自己的工具，退到门边，满怀期待地转向他。他假装没注意到。"日安，狄龙先生，"年轻女子终于温柔地道别。

"日安，先生。"理发师也跟了一句。

他似乎没听见。

他俩都转身离开，垂头丧气。

他靠近伯索尔那侧的眼睛眨了眨，等大门在他们身后彻底关上，他突然扯开嗓子吼道："回来！"

门又打开了。他们并排站在那儿，就像大幕拉开后两个准备就位的提线木偶。

"你们这么着急干啥？"他生气地说，"你们以为我会赖账吗？"

两人都低下头，默默挨骂。但是，如果他们刚才徘徊太久，同样也会挨骂的。他们从来不是赢家，必须经受痛苦，无论何种形式，如果不是肉体的痛苦，就要忍受尊严被践踏。

他从口袋里掏出一块金币，沿着地板扔出去。他没有将它抛向空中，那样他们就可能站着抓住它。他扔向他们的脚，所以他们不得不低头捡起来。理发师先蹲下，年轻的女人站着，让他先捡起来。她手里捧着一碗碍手碍脚的肥皂水，不敢洒掉。狄龙扔了第二块金币，他的眼睛狡猾地看着她要怎么办。理发师突然从她手里接过碗，她优雅而敏捷地蹲下，腰背挺直，拾起金币。狄龙邪恶的眼神闪了一闪。

两人都说了声"谢谢"，口吻庄重，恰是对他轻佻举止的谴责。

似乎是终于扳回了一局,两人离开了。

"我的天,我敢打赌,他们肯定为这事儿恨你。"伯索尔幸灾乐祸。

"我知道他们恨我,这就是为什么我这么做。我喜欢让他们恨我。"狄龙伸向梳妆台上闪闪发亮的一堆物件,拿起一只钻戒套在手指上转着。"当别人恨你时,这意味着你在控制那个人。"

"如果您已经掌权,"伯索尔补充道,"否则的话,您将处于危险之中。"

"我已经掌权了。"狄龙挺起胸,得意扬扬。

他拿起另一个钻戒,又一个。仿佛他的指关节着了火,发出一道道蓝色、红色、白色的光。他轻蔑地说:"我去拜访那位小姐时,就只能戴一个,不能全都戴上。"

"为什么?"伯索尔这下真的好奇了。

"我不知道。我猜是因为他们每次只戴一个。"

"你怎么知道的?"

"我看到她嘴弯起来了,眼睛往下瞧着我的手。"

"这可能是另外一回事。她可能一直在欣赏戒指,或者希望那些都是她的。"伯索尔道。

"不是。"狄龙平淡地说,"我知道她的意思。这方面我一向领悟很快。"

"现在我知道你什么时候去那儿,什么时候不去了。"伯索尔看着他把玩着一条钻石表链，从一个背心口袋扯到另一个口袋，又摆弄那个钻石大头钉，把它斜斜地插到领子上。现在桌上只剩了一副钻石袖扣。狄龙继续转着它们，一次一只。伯索尔只能看到他那赤裸裸的贪婪，赤裸裸的。

"你到底要跟我说什么？"狄龙问道，继续摆弄着香水瓶和手帕。"赶紧说吧，别拖拖拉拉的，我还有其他事儿呢。"

伯索尔脸上又恢复了神采。他攥紧拳头，举得老高，又狠狠砸到另一只手掌心里。"我又找到了一颗钻石。"他忍不住叫出声，"老兄，这次可是个大家伙！你从没见过那么大的。戴维，我跟你说，你真得好好看看！"

狄龙打了个响指。"好吧，来吧，让我看看，别光说啊，赶紧拿出来，别光站在那儿。"

"我还没拿到呢。"伯索尔叹息着，鼻音更重了，"还在别人身上。我只是听说它在镇上出现了，仅此而已。我就赶紧过来告诉你。"

"还有谁知道吗？"狄龙满腹心计。

"没其他人，就几个修女。你知道修女什么样儿，她们对这种东西不感兴趣。"

狄龙结结实实被吓了一跳。"修女！"他张开嘴，"你和修女交谈？你？"

"怎么啦，怎么啦？"伯索尔气呼呼的，好像真被看轻了。"我可从没跟修女说过什么话。那些其实是慈善义工，就像医院里的护工,你知道的,我也没跟她们说过话。我认识的一个家伙生病了,他没什么钱,就被带去那儿了。他在那里发现了这个钻石的秘密。今天他又出来了,马上就来告诉我这件事,他知道我乐意帮你代劳收钻石。"

"等等,"狄龙挥了挥手,好像要去掉所有细枝末节似的,"在慈善病房里,对吧?在医院里?那儿怎么了?"

"那儿有个法国老太太,自称是拿破仑三世宫里的伯爵夫人。普鲁士人围困巴黎时,她一直被困在巴黎,逃不出来。在那几个月里只能吃耗子、猫和其他类似的东西,饿出了毛病。现在身体越来越差,快死了。"

狄龙转过头去吐了口痰。

"她是被担架抬进来的,现在躺在医院的慈善病房里,连自己的丧葬费都出不起。总之,他们把她抬上床时,检查了全身。她脖子上用绳子吊着个小袋子,他们想把那袋子取下来熏一熏消消毒,万一她有黄热病呢。结果她又抓又咬,谁要拿走那袋子就跟谁拼命。撕扯时袋子开了,掉出来一个超级大钻石,圆锥形的,有男人的指关节那么长呢。"

狄龙两眼亮了起来,热切地凑近了伯索尔的脸。"那它后来怎么样了?现在在谁手里?"

"还在老太太手里。"伯索尔说,"他们很为她难过,她哭闹个不停。他们觉得如果真拿走钻石,老太太会死得更快。你知道他们什么样儿的,不像其他人那么在乎钱或珠宝。这些东西诱惑不了他们。"他形容那些人的口气,好像他们脑子都出了毛病。"所以他们只是蒸了蒸那袋子,消消毒,又还给她,好叫她平静下来。他们还给她做了一场布道,教化她不必太在意这些尘世之物,反正她很快就得丢下它们了。"

狄龙一只手支着下巴,思忖道:"那么等她真的死了,会怎么样呢?"与其说这是在问伯索尔,不如说是他在问自己。

后者耸了耸肩:"我不知道。应该就到他们手里了。她一个亲戚都没有,也许他们会卖掉它,好为医院筹措点资金。"

"你确定这钻石真的存在吗?"狄龙追问,"你确定它确实存在,不是道听途说吧?"

"当然,我确定!"伯索尔急忙说,"这家伙亲眼见到的。他听见她把这件事告诉了其他人。她们以为他睡着了,所以他才能来跟我递小道消息。"

"老太太从哪儿弄到的钻石?"狄龙问。

"呃,照她说的,法国大革命时有人拿来贿赂军官的,好让几个囚犯逃脱。之后他就青云直上,一直升到元帅还是什么的,总之是你能想到的最高军衔。

"既然他是个元帅,而他老婆只是个洗衣妇,他就开始嫌弃她了,两人离了婚。元帅又娶了一个真正的贵族女子。之后,他就开始倒霉了。

"他老婆家亲戚全都反对,他简直是逼着她离掉的。接下去发生的事儿就匪夷所思了,是不是他那前妻干的,没人知道。总之,他又结婚了,盛大的婚宴进行到一半,他端起一杯香槟向新娘敬酒,突然就倒地死了,死得透透的。后来他们查了查剩下的香槟,里面的毒药足以杀死一头大象,其他人没受到一丁点伤害。最离奇的是,大家是眼看着他一分钟前亲自打开那瓶香槟的。

"好吧,新娘还是寡妇,随你怎么叫吧,带上钻石回了娘家。之后她嫁给相爱的恋人,他们在一起很幸福地过了六个月。她怀孕了,一天准备洗个澡,忽然头晕目眩,脸朝下倒在浴缸里。那水还不到一英尺。他们把她抬出来,她已经死了,但婴儿还活着,只是早产了三个月。

"那丈夫一直没从这打击里挺过来,也没再结婚,用尽余生来抚养他女儿。钻石消失了,从那天起就再也没被人提起过。女儿打生下来就从没听说过。

"男人死后,她打开了遗嘱,末尾又加了神秘的一小段话,指示她独自一人走到庄园里的某个地方,在树林深处,挖出一个深埋地下的小密封陶土罐。遗嘱警告不能打开看,而要把它带回来,再在地下室的壁炉里生一场大火,把罐子扔进去,关上炉门,然后把灰烬倒空,撒在田野上,这样农民耕种犁地时就会把灰埋到地下去了。

"但是她的好奇心占了上风,哪怕有他的警告,她还是坚持不住，打开了那个小陶罐，看到了里面的钻石。从那一刻起，她就再也不能丢掉钻石，或照她爸爸说的那样把钻石烧成灰了。

"就是她，如今在慈善病房的床上躺着等死了。在这世上，每个人一生总会遇到些艰难的事情。但她一辈子净摊上倒霉事儿了。她丈夫去君士坦丁堡当领事时，因为黑死病死在任上；在克里米亚战争中，她的大儿子被一枚炮弹炸掉了头；为了照顾一个流浪街头的小女孩，她的小儿子从老板那里挪用公款，被当场抓到，杀了老板，为此上了断头台。普鲁士人又把她那漂亮的庄园炸了个稀巴烂。她在巴黎街头流浪了六个月，靠吃拉车的马和动物园里的动物活下来。她什么记忆都没有了，人通常只记得好事儿，而她的经历如此悲惨，以至于她什么都不想记住。"

狄龙漠不关心地一挥手："但是她有钻石，我只关心这个。其他关我屁事。"

"就是这么说啊。"伯索尔冷笑一声。他似乎就是后世所说的"应声虫"。

"慈善病房，"狄龙思索着，"慈善病房，让我想想。"他边想边用指甲盖弹了弹牙，然后大笑起来。"我刚刚想清楚了一些关于自己的事儿。你猜是啥？"

"不知道，是啥？"伯索尔乖乖答道。

狄龙顽皮地伸出一根手指，戳着对方胸口。"你可知道我心怀慈善？大大的善心。"

"嗯，不，不太知道。"伯索尔迟疑着。

"我可真有。我喜欢四处探望那些无助地躺在那里的病人和没有朋友的人，给他们带去一点阳光，让他们最后的时光过得舒服些。我一想到这老婆子躺在那儿，孤孤单单，连句英语都不会讲……"

伯索尔狡黠的脸上闪过一丝促狭，呵呵地笑了起来。

"咱们去看看她，给她送温暖去。我带一大笔钱去，让其他人都忙活起来。你去市场弄一筐水果。我会留意让她全神贯注，全神贯注！"他鬼魅地拍了拍同伙，"来吧，走走走。"说着，他们兴致勃勃地走了出去。

一位身着长袍，戴着铲形帽子的修女举着一支蜡烛，引着两个客人走过牧人之家的过道，病床密密麻麻，摇摇晃晃，排得如此紧密，连地砖都看不见了。他们从病人中穿过。有的人营养不良，目光呆滞；有的人眼睛发亮，发着高烧说着胡话；有的人好奇地盯着他们；也有些人闭着眼睛，还在昏睡中。

修女一路简短介绍着病人的情况，狄龙每走几步就停下来仔细听着，朝着那病人微微侧着头。随后，在继续看下一个病人前，他小心地从口袋里抽出手，将一块银币丢到床边。他小心翼翼，不碰到任何东西。

伯索尔则在他们脚边拖着一只宽大的编织篮，有车轮那么大，他歪着屁股拖得十分费劲儿。他时不时看心情随意发一两个橙子或一小把香蕉。趁着修女没留意，狄龙忍不住暗中警告他："别跟我一块儿发,发给越多人越好。"实际上,伯索尔刚从口袋里掏出一块银币,又收了回去。他改发了一大串葡萄给那位病人。

"如您所见,"他们的向导喃喃地说,"我们会竭尽所能救治他们,但我们实在能力有限,我们的设施不堪重负……先生,您肯捐助实在是太好了,愿意捐助的人实在太少了。"

狄龙看着周围这凄惨的状况,一直摇着头,还不时咋舌以示同情。然而,他根本没好好看任何人,他的眼睛转啊转,不停搜寻着他真正感兴趣、能吸引住他的东西。

伯索尔突然用篮筐碰碰他的腰。狄龙疑惑地转头,伯索尔意味深长地冲他们右手边即将走过的一张床翻了个白眼。

充当床单的粗麻袋盖着一个细长的身影,躺在那儿一动不动,就仿佛已经是一具包着裹尸布的尸体了。麻袋上方露出一张空洞、形容枯槁的脸,闭着眼睛,呼吸微弱。几绺头发像石板上晒干的海藻一样干枯卷曲,透露了病人的性别。

狄龙停住脚。那向导发现他没跟上,也停下脚步,转身走过来。

尽管他刚刚脚步不停地走过一群同样可怜的人身边,他肃穆地说:"这太令人心碎了。"现在他的眼神不再游移,像个吸血鬼一样,直瞅着病人的喉咙,牢牢盯着那儿。但床单盖过了下巴,他看不到喉咙。

修女高高举起蜡烛,光线更亮地照着那身影。她轻声说:"这个可怜的女人一辈子都很惨。她刚刚在巴黎经受了围困,是物资匮乏把她弄成这样的。医生看过了,她没得传染病。我们已经尽力救她了,但是……"她悲哀地耸耸肩,"她来得太晚了。"

"那你觉得她还有救吗?"他问。修女垂下眼帘:"看天意了。"

"她几乎没呼吸了。"他狡猾地喃喃道,"我可以走近些吗?"

"她还有呼吸。"她话音微凉,"我们的医生很能干。"

他站在那一动不动的人床头,手抚摸着床单边缘,仿佛十分关心她的安危。"这不会让她不舒服吗?拉这么高,都快到她的嘴了。"他的手稍微缩了缩,抓着床单一角,往下拉了几英寸。那喉咙干枯得就像竹林里的一根吹管,脖子上挂着一根绳子,上面吊着一只羊皮小包,大小和一只没长熟的梨子差不多。

"这是什么?"他装模作样地问,"一些草药?"

"一件纪念品。"修女简短地回答。她从床对面伸手过来,床单又拉上去盖住病人的下巴。这动作里带着点含蓄的责备。"她一直戴着的,那样她感觉安心些。我们可不是狱卒。"

修女还没说完,那死人般的脸上闪过一丝变化,眼睛突然睁开,机警地眨了眨,仅此而已。其他肌肉一动都没动,但死人脸变得憔悴而生动。

有什么像蜘蛛似的东西在被单下蠕动着——那是她爪子状的手指,挣扎着伸到喉咙口,停在那儿不动了,正如狼蛛在掩护下爬回了自己的老巢。

她看了他一眼,吓得闪开,转向修女那镇定、安定的脸上想要寻求庇护。

后者伸手轻轻拍着那皱纹密布的额头，停了会儿。"睡吧，"她安抚着，"睡吧。"

老太太的嘴唇翕动，终于费劲儿地发出声音："这两个男人，他们为什么看着我……"

"睡吧。"修女轻轻地催眠似的说，"没人会伤害你。"

那眼睛里有片刻犹豫，片刻警惕，然后是信任，终于又合上了。就像洋娃娃向后仰头休息时那木呆呆的眼睛。

"你觉得她还有救吗？"狄龙精明地问。

"如果好好护理可能还有希望。先生，我们的医生还没放弃。"

他飞快瞥了伯索尔一眼。两人表情都很不满。

"那么，老家没有人照顾她吗？"他继续问，"没有亲戚？没有好友？"

"一个都没有。"修女干脆地说，"她刚送来时提供的卷宗就一个都没列出。她跟王后一起从西班牙来，她的家人早就过世了。伯爵，她丈夫，死于黑死病；她的孩子们都死于暴力。她即便有什么好友，也都在巴黎被围攻之后的大革命里四处飘零了。我们两次写信去巴黎询问，都没收到答复。我们只好自己照顾她。实际上，就是因为旧世界里没留下一丝牵挂，她才一个人远渡重洋来到这儿的。她有一次跟我们说：'如果我非要在陌生人里度过最后一点时间，那我不要在熟悉的旧世界，最好是新世界，因为陌生，就不会那么痛苦。'她在新奥尔良过了最初的几天，身无分文，无家可归，靠摊子上扔掉的水果过活。但她还是骄傲地不肯向人求助，直到最后一点力气被耗光，倒在大街上，才被人送来这儿。"

他演戏似的闭上眼睛，尽力装出一副难以想象那场面的样子，然后再次以演戏似的夸张，朝着病人伸出胳膊。

"一个人。"他叫道，"像这样一个人躺在那里。嗯，必须得有人来照顾她！如果我对这事儿不闻不问，我晚上会睡不好的。"

"我们每个人都不孤单。"修女提醒他，"我们都有上帝，我们每个人。"

他假装没听到，停顿了一下，暂时抛开这个话题，就像一个不适合争论的论点被抛弃时一样。

他瞧瞧四周病床，许多病人胳膊肘支在脑后，瞪大了眼睛。被人这样盯着令他很气恼。他说："一个像她这样的文雅女人，一个过惯了欧洲宫廷生活的女人，至少该享有一点隐私和舒适吧。你们不能给她一个单独的房间吗？我来付钱，我会为她付钱。至少能为她做这点儿小事吧，我很乐意。"

修女有些吃惊："您真是太慷慨了，不过，如果您允许我跟您说说，我们这儿有许多比她情况更严重的病人，您如果从那些人里选一个，会不会更公平？您看，她毕竟曾经享受过很舒适，甚至很奢侈的生活。这里有许多人从来不知道那是什么样儿的。给这些身处绝境的人提供帮助会不会更好些，更公平？如果有可能，难道不该让所有人都享受一份公平吗？那会不会更符合上帝的做法？有些人已经有过好日子，现在还要再享受；而另外一些人却从头到尾一天好日子都没过过。这么做真的好吗？"

这是修女第二次反驳他了。他还是眨眨眼，不接话。他失望地摇摇头，目光犀利，想看看她是否已对他的动机有所猜疑，才如此消极地回应。有些教徒十分精明，他提醒自己，可别低估了他们。

可是她没看他，而是盯着床上的人，垂死的老妇人原本平和的眼里泛起忧虑。她从头到脚都在发抖，好像已经处于弥留之中。嘴角微微张开，发出不详的嘎嘎声。"她快死了！"修女哭起来，"我得马上叫医生！"她把蜡烛插到床尾的支架上，转身匆匆跑开。

"看来到的正是时候。"狄龙讽刺地对同伴说，"正好帮我省了给她开单独房间的费用。那么，你还在等什么？赶紧过去把它摘下来，我可看着呢。"

然而，伯索尔却不愿遵从他主子的这个命令。"不不不！不能趁着她正要死的时候。至少等……等她死透了，行吗？"

"那就太晚了，他们马上就会回来，那我亲自动手吧。你简直胆小如鼠！把那该死的蜡烛吹灭了！"

巨大而破败的病房里，这儿那儿的玻璃罩子里还点着不少蜡烛。但当伯索尔照着主子的命令吹灭了蜡烛时，临终病床周围顿时陷入了一片黑暗。

出于迷信，伯索尔控制不住地全身颤抖着，却听到粗糙的被单沙沙作响和稻草床垫的吱吱声。他知道这并非是单由那垂死的女人发出。同时，石板走廊深处传来匆匆的脚步声。"快点，他们回来了！"他吓得牙齿打战，仍不忘警告狄龙，"拿到了吗？"

"当然拿到了。"狄龙的声音平静地传来。他在黑暗中摸索着火柴。"我不是总能得到我追求的一切吗？她的一只爪子勾在我的外套上了，我拿不下来……""啪"的一声刺响，仿佛狄龙刚使劲从外套上拧下一粒扣子。"公平交易，不是抢劫。"他窃笑一声，"好吧，点上蜡烛！"

幽幽的黄色光晕再次照亮这可怕的场景，伯索尔满脸都是汗。钻石戴维却依然显得端庄稳重。老妇人瞪着眼睛，愤恨而冷酷地盯着狄龙，眼里透着明确无误的信号，显然她知道他刚做了什么。随着狄龙从床边后退一步，那双眼睛甚至微微转了转。她似乎在做超凡的努力，想说出话来。然而，她只长叹了口气。当修女带着过度劳累的医生和神父赶来时，她再次合上了眼睛。

"我们赶紧走吧。"伯索尔悄声哀求，"我快撑不住了。"

狄龙冷静地从口袋里掏出几块金币交给修女。"好好安葬。"他喃喃道。伯索尔注意到他上衣最上面一颗扣子不见了。他看向病床，发现那扣子正被老妇人爪子样的手牢牢抓着，他吓得脸都绿了。

在病人临终引起的一片混乱中，没人注意到他们离开。当医生从检查中站起身来时，他们已经消失一小会儿了。医生一脸困惑："还没到时候,神父。似乎没必要了,发生了一些我无法理解的事情。"

就在刚刚那几分钟里，有些细微但毫无疑问的改善迹象。如果持续改善，她会康复，我对此毫不惊讶。她好像刚刚神秘地甩掉了什么拖累她的东西。"

即使在重建的南方，那天晚上钻石戴维的"订婚派对"也十分不同寻常。这位接受订婚的女士不仅未曾露面，甚至连她的名字也未向宾客透露。每当提及她时，未婚夫本人和他邀请的客人（受前者提示）都将她称为"某位女士"。每次人们像开玩笑似的提起这称谓，就会引起一阵哄笑。显然他们不是在笑狄龙，因为他也跟客人们一起傻笑着。这订婚典礼的另一桩匪夷所思之处是，未婚妻本人完全没有意识到自己被订婚了。实际上，她完全不知道，她正在自己的花园里，和另一个男人在木兰树下窃窃私语呢。

那是一场极其喧嚣而混乱的聚会，约有四十多位宾客，在狄龙的私人住宅举行，包括欧迪安酒店的整个二楼区域。狄龙也掌管着酒店底楼的酒水和游戏业务，因此可以保证整场聚会不会受到任何打扰。二楼名义上由弗洛拉夫人经营，实际也由他掌控，因此也不会有人来打扰。整栋酒店都被彻底清空了。整场聚会的核心女宾包括这些原来就住在酒店里的人，外加一些陪着男宾过来的女士们。

但无论他们来自楼上还是外面的镇子，他们那豪放劲儿和各种情趣，都不是那些循规蹈矩的人们可以比拟的。这里没有苍白的脸颊，没有血色全无的双唇，没有一本正经的深鞠躬，也没有旁观者扇子掩饰下的不满低语。没有旁观者。几乎没人坐下来,除非她实在笑得站不动。即便坐下,也会马上站起或被人拉着站起来。简而言之,这聚会可能在尊敬和礼节上有所欠缺,但在香槟、欢闹和持续时间上却极占优势。它从日落开场,到了凌晨依然人声鼎沸。

直到喧闹尾声,狄龙才宣布那个重大消息。他站到房间一头的椅子上,吼道:"大家安静!"

喧哗声渐渐低下来。

狄龙举起酒杯,一只脚踩在桌子上,喜气洋洋地道:"我希望你们都知道我订婚了!她是新奥尔良最幸运的女孩,未来的戴维斯·狄龙夫人!"

他以一贯满不在乎的态度把杯子丢在地板上,摔了个稀巴烂。其他人也纷纷效仿。一些不太熟悉风俗的客人甚至开始摔其他东西——花瓶、盘子、小块瓷砖。狄龙兴致正高,无暇顾及。

"她是谁,戴维?"一两个声音冒了出来。后面有人讪笑着:"我们不配知道,是吧?"

"我永远不会忘记我的老朋友们。"狄龙向大家保证,"我家大门永远向大家敞开。现在滚出去,你们所有人!聚会结束了!"

拇指勾住背心的袖孔,狄龙傲慢地看着,直到最后一个酩酊大醉的客人摇摇晃晃走到室外。四周安静了下来。

"真是场狂欢!"伯索尔赞叹着,钦佩地摇了摇头。"看完您的订婚宴,我简直都不能想象您的婚宴啦!"

"你也滚吧。"狄龙转身朝他丢下一句。

伯索尔惊讶于他这种对隐私不寻常的渴望,但他知道这会儿最好不要争辩。"明天见。"他兴奋地摆摆手,一口干掉别人忘记的香槟,走掉了。

狄龙吩咐仆人:"把灯熄灭。睡觉前我要呼吸点儿新鲜空气。"

他走在月色下幽幽发蓝的阳台上,站在那儿,抬头瞥了一眼朦胧的月色。月亮像一颗巨大的黄色雨滴,当它从夜晚的圆顶上滑落下来时仿佛被压扁了。他轻手轻脚走出门廊,消失在屋子周围的阴影中。他从门廊的钉子上取下一顶花匠的宽边帽子,戴上。帽子完全遮住了他的脸。他扣紧外套,在月光下遮住了衬衫正面钻石的光芒,然后,他独自一人沿着这条路出发,在夜晚的寂静中无声地走着。

他那郊区豪宅从前属于一个著名家庭,后来被他没收了。现在他朝着城里走去。一次,他听到蹄声越来越近,他躲到一棵树下,直到骑手过去了才出来;还有一次,他又走了一段到了十字路口,经过一个醉酒的联邦士兵身旁。那士兵倒在路边,装备被偷了,军帽遮着脸。狄龙快走到那人身边时,又看了看。不,那人已经被刀捅死了,他那皱巴巴的外套上散布着鲜亮的血迹。狄龙只看了第二眼就过去了,甚至没停下脚步。关他什么事?那骑手想必也是这么经过士兵身边,没停下来。这是铁石心肠的时代。

每个人都只考虑自己。

他穿过空旷的田野,走到零星散落的一堆帐篷中间,其中一顶帐篷里透出一道橙色的灯光。远处隐约可见一辆一动不动的马车。一个疯子冲他大叫,然后是第二个、第三个。他只扔了一块石头,那三人就匆匆撤退,连一点平常人的勇气都没有。他撩起亮灯帐篷的一角,站在那里朝里望。

里面,一个年迈的吉卜赛女人蹲在光秃秃的地上,面前一盏灯照着她的颧骨、眉毛和尖尖的下巴。身体其余部分映在昏暗的帐篷壁上,只是一团模糊的轮廓。

他走进去,把帐篷一角折回原位,蹲在她对面的地上,抱着膝盖。很久很久,她似乎没看见他。然而最后,她那张被阴影笼罩的脸上眼皮微抬,她问道:"您想要什么,深夜的路人?"

"我老了以后会怎么死?"他恐惧地低声问道,"什么东西会杀死我?"

她告诉他:"我来读读看它是怎么说的。"

她双手熟练地洗牌,卡片在那双灵巧的手里像风车般转着。然后像树叶飘动沙沙作响,又如羽毛般轻轻拂过,她一张又一张地把纸牌抽出来。她瞧着那已有上百年历史的牌面符号,不时发出空洞的声音。他从没见过那样的牌。

"您不会被刀捅死。"

"您不会被枪打死。"

"您不会在河里或海里淹死。"

"您不会被绳子勒死。"

"您不会被大火烧死。"

"您不会被蛇咬死。"

"您不会死于高烧、疾病或中毒……"

最后一张牌无声无息地落下。她俯身向前，专心盯着上面的花纹和图案。然后她瞪着眼睛看向他。

"钻石是唯一可以杀死您的东西。您将死于钻石。"

狄龙缓缓地倒抽一口凉气。他疯了般急忙拉开上衣，取下领带上的钻石别针，从口袋里掏出钻石表链和怀表，他甚至想要把嘴里的一颗钻石牙冠揪下来。

老妇人在灯下面无表情地注视着他："扔掉它们是没有用的。"她嘶哑地说，"无论如何都会发生。如果新奥尔良一颗钻石都不剩，您就会去其他有钻石的地方。您的命运甚至在您出生之前就已经注定了。"

他茫然地抓抓头发，迟疑了会儿问道："什么时候……就快发生了吗？"

"该来时，就会来的。"

他满怀希望地胡言乱语起来，好像试图从自己声音中获得勇气。"也许等我老了，也许是很多年之后。但是钻石怎么会杀人呢？它能对人做什么？"一片昏暗中，他举起袖子擦擦额头，悄悄拭去冷汗。"我现在不必再像以前那样害怕枪支了。我知道它们杀不死我。当他们向我挑战决斗时,我不必……雇人在黑巷子里提前埋伏。"

这老妇人只是眼睛一眨不眨神秘莫测地盯着他,仿佛人性、希望、恐惧和秘密对她来说只是老生常谈。过了一会儿,他拿出一把金币,把它们堆在他面前的地上,然后他站了起来,一言不发地走了出去。外面,天边泛出淡淡蓝色,已是清晨了。

沃特斯捧着一束花边纸捆扎的栀子花走进大门,一位他以前没见过的高大魁梧的黑人园丁正在屋前清扫落叶。"晚上好,先生。"园丁咧开嘴笑笑,摘下破旧的草帽向他致意。

"你是新来的吗?"沃特斯问道。

"嗯,不完全是。我离开了一段时间,刚回来不久。我是朱迪斯嬷嬷的丈夫。"

"自由人,是吗?"沃特斯笑了,对他说道,"你知道阿梅利亚小姐在家吗?"

那人挠头,仿佛突然发现自己陷入某种外交困境。"她又在又不在。普利瓦尔小姐叫我说她不在,但其实……"他困惑地瞥了一眼门前车道上的马车,车夫还在上面。

"哦,"沃特斯明白了,他下巴线条收紧,"什么,马蹄子上没镶上钻石吗?"

朱迪思嬷嬷大呼小叫地跑过来,裙子两边都张开了。显然她一直在大门口看着沃特斯到来。"别管这个蠢货说什么，沃特斯先生。"她愤愤不平地舒了一口气，打了这不高兴的园丁一记响亮的耳光。她接着说，"有一个条子要给你。"她从自己宽大身体的某个角落抽出一张折得四四方方的纸条。

沃特斯打开纸条，在黑暗中眯起眼睛，终于看清楚了：

亲爱的沃特斯先生：

我必须恳求您别再来拜访我了。

真诚的

阿梅利亚·普利瓦尔

沃特斯大吃一惊，纸条从他手里飘落下来。朱迪斯嬷嬷迅速弯腰捡起。"我还有一个特别的口信。她说，请您别把刚才那张纸条放在心上，那是太太逼她写的。她请您在花园里等她，等着她房间亮灯。"

他的脸又亮起来，将栀子花递给朱迪斯嬷嬷："不管怎样，把这些带给她。"

"我会把花放到房间里，她一上楼就能看到它们了。她不会再在宴会上逗留太久，她会找个借口说自己头疼，然后就可以走了。我很肯定。"

然后，当她转身回屋时，她又打了那园丁一耳光。

"我什么都没说，你干什么打我？"他哀号。

"如果你说了，那么吃这一耳光；如果你没说，那么也吃一耳光！"她转身回去，咕哝着，"跟那些上游的家伙们鬼混这么多年！"

"那女人对我一点感情都没有。"他可怜巴巴地对沃特斯说，揉着脑袋。

过了一会儿朱迪斯嬷嬷走进起居室，她设法举起栀子花，好让阿梅利亚·普利瓦尔看到。狄龙背对门坐着，他正摊开一只小小的，白色天鹅绒衬里的盒子。他满意地嘀咕："我没有镶嵌，因为您可能有自己的偏好。它是由我的一位掮客买来的。"

然而，姑娘根本没看那盒子里的东西。昏暗的起居室那头有一束廉价的乳白色花朵，她满心欢喜地瞧着，眼睛都眯了起来。她抬手按住喉咙，那是表示高兴的手势。朱迪斯嬷嬷就像是在费力地演着哑剧，先指指她刚来的花园的方向，然后又抬手指指头顶的房间。当普利瓦尔太太那浓重的北方鼻音从某个隐秘的房间角落传来，嬷嬷飞快地溜走了。"阿梅利亚，狄龙先生止在对你说话。狄龙先生，您可真好，多么漂亮的钻石，她当然会收下的。"

几分钟后，当朱迪斯嬷嬷再下楼来，栀子花已经不见了。她正好看见那"北方女人"（她起的绰号）悄悄退出起居室。太太无赖地伸手指着："我知道你们两个年轻人想单独待在一起。"她合上两扇滑动门，转过身去，问嬷嬷，"那个吊儿郎当的年轻南方人今晚有没有厚着脸皮来找过她？"

朱迪斯嬷嬷平静地说:"没有,太太,我没看见他。"她坚信出于好心的说谎是有道理的,"我觉得他确实死心了。"

"他那种人永远不会死心。"姑娘的继母抽了抽鼻子,"一文不名的穷鬼!"她摇摆着裙撑上楼,补充道,"朱迪斯,留在那儿随时待命,以防狄龙先生想要更多雪利酒。但是除非他们叫你,你不要去打扰。"

黑女人带着明显不满,望着两扇门缝间透出的一束光,那似乎对她产生了不可抗拒的魅力。慢慢地,一步步地,小心翼翼地望着台阶,她踮脚走上台阶,在门缝里插进五根手指,小心地一点点扩大门缝。然后她蹲下身,一只眼睛贴上去朝里望。

屋里的景象似乎令她大吃一惊。她颤抖着站起身,惊恐地张大嘴,发不出一点声音。然后她转身急匆匆地穿过大厅,那里的桌上有一只雕花玻璃酒瓶和一堆高脚杯。"下流坯,"她愤怒地咆哮着,"我就知道没什么好事。那女人把孩子和他单独留在那儿,肯定想让他们发生点什么!估计她盘算着这样就好强迫他娶女孩了,或者付一大笔钱来掩盖丑闻。她是个彻头彻尾的坏女人!"她飞快地跑回关着的门边,倒了满满两杯酒放在托盘上,脸上的每一根线条都现出坚毅的决心。

她甩开门,走进去,表情迅速变成恳求的样子:"再来些茶点好吗?阿梅利亚小姐,狄龙先生?"她热情地笑着。

狄龙吓得一激灵缩了回来。姑娘被强迫着,蜷缩着靠在沙发角落里，她慢慢地扶正自己，整理了下裙子的肩部，其中一个被人拉了下来，比另一个低。她似乎快要哭了，而他还处于刚才的震惊中，气呼呼的。

"抱歉来早了。"朱迪斯嬷嬷喃喃地道歉，又退回门边，两个满满的杯子还放在她的托盘上。"亲爱的，我在外面，"她意味深长地对姑娘说，"你不必烦恼。"

回到厅里，她放下盘子和两杯没动过的酒，自信地点点头。"今晚应该没事儿了，一道雷不会连劈两次。我对他这么说过之后，他应该没情绪再来一次了。"

一听到几粒小石子打到窗玻璃上的"嗖嗖"声，阳台门就被立刻打开了，仿佛阿梅利亚一直在窗后等着似的。阿梅利亚快步走到外面的阳台铁栏杆前，捧着栀子花紧贴面颊。他站在她正下方，抬起头来，脸在月光下呈淡淡的椭圆形，影子映在月下，变成了皱巴巴的蓝色，像泼洒在草地上的一滩墨水。

"在这儿等着，这夜实在太长了。"他轻声低语。

"长无止境。"她小声说。

这是基督徒的爱，浪漫的爱，是人间爱的最高境界。既不是像狄龙那样的异教徒式狂热爱恋，也不是那些去伏都教女祭司那里寻求春药和爱情秘方的人所迷信的丛林之爱。这是骑士时代的余音袅袅，它只停留在某些群体和某些地方的原始理想主义中，也许那些人、那些地方都已经过时了。

"谢谢你的花,我收下啦。"她亲了亲花儿,轻蔑地将握在手里的东西甩了出去。那东西飞出栏杆,掉到他一侧的地上,闪闪发光,就如巨大的不停闪烁的萤火虫。

"那是什么?"他问。

"别人的礼物,我不要。快把它踢开,用脚跟把它碾成泥。"他走过去捡起来,看了看。他的肩膀绷紧,头抬起来。她能感觉到他忽然升腾的怒火。"为什么?这是珠宝!他太侮辱人了。"

她略点头:"妈妈强迫我收下,就像她强迫我给您写那封绝交信。她只在乎金钱和安全感,无论我要为此付出多高的代价!我无法理解爸爸当年怎么会跟这样的人结婚。愿他安息吧……"

"您是否允许我以适当的方式把这东西还给他?"他闷闷地问。

她垂下头,好像在求情似的。实际上他俩都完全明白她的确是在求情。"谢谢您的保护。"她终于说道,"恐怕我必须收下。我的哥哥在战争中丧生,而小弟弟在北方监狱里染上了肺病。"

"那我将深感荣幸,"他答得很简洁,"对您的青睐我十分感激。我会努力配得上您的青睐。"他将钻石装到口袋里。

"毫无疑问您会做到的。"她平静地告诉他,"您是位绅士。"那是对一个男人最高的赞美。

他走近了些,注视着她,仿佛一个男人满怀崇拜地仰望星辰。她又将身子靠在栏杆上。一片栀子花瓣飘落在他的肩上。他拍了拍手,仿佛受了什么魔力,他想一直待在那里一动不动。

"阿梅利亚，"他声音沙哑，"你愿意嫁给我吗？"

她冲他微笑，黑色卷发落在她的肩膀上。"你问得太迟了。"她喃喃道。他惊得瞪大眼睛。她轻轻地接着说："自从我们初次见面，我就在心里认定你了。"

他们对彼此互诉衷肠，山盟海誓，古老而甜蜜的话语说了一遍又一遍。她终于看着他离开。然而他才走了几十步，那努力压制的恐惧又从她的心底升起。她啜泣着急切呼唤："沃德！回来，沃德，不！"

他立刻又返回来，他不用问就知道她的意思。"你不想一辈子跟一个胆小鬼一起生活吧，我不能。亲爱的，睡吧，在你还没反应过来之前，一切都会结束。"

"噢，沃德，不是那样。如果他能公平地对待你，你觉得我会阻止你吗？但是他为了面子，会提前派人埋伏杀掉那些想挑战他的人。已经三次了，他独自站在角斗场上，等着不会出现的对手。他知道那些人永远来不了。新奥尔良所有人都知道！"

"好吧，我来自萨凡纳，"他淡淡地说，"他的好运气快用完了。"

她看出自己无法左右他的决心。她其实不想，尽管她确实害怕，她知道她不想。"沃德，答应我，至少前一天晚上要当心，不要一个人在街上走。"

"伊顿，那个跟我一起住的年轻人会跟我在一起的。什么都不会发生。"他抬头对她微笑，"我不会死在一条小巷子里——我要为你而活。晚安,我可爱的宝贝……"

当他从大门往回望时,看到她还站在那儿,焦急地凝视着他,明亮的窗玻璃上勾勒出她的轮廓。

她今晚会害怕得睡不着,而他则是高兴得睡不着。现在对他来说,死亡的危险似乎微不足道,他走在通向小镇的路上,一路吹着《迪克西》——那支被禁的曲子。

钻石戴维的产业都有傀儡经理,但整个镇子都知道他才是真正的老板。实际上整个新奥尔良的赌博业和黑社会都被他垄断了,至少那些真正利润丰厚的上游产业都是由他把控的。

探访了狄龙的两家夜店后,沃特斯凌晨两点多在圣彼得街的欧迪安酒店找到了他。一看见鹅卵石道上的马车和枣红马,沃特斯就知道狄龙在那儿。坐在座位上的白人马车夫是另一个显而易见的标记,他等在外面,慢悠悠喝着凉杜松子酒。狄龙一定是从阿梅利亚·普利瓦尔那整洁的花园直接坐车来这里的。对处于热恋中的沃特斯而言,这就像有人把她的气息带入了这个堕落的巢穴。本身就是对圣洁爱情的亵渎。他心中仇恨已然万分狂热,仅此一个细节就足以将之点燃。

他血气方刚,此刻一心想杀死狄龙。他一步步走进去,火光照亮了他的脸和衣服,就像刚溅出的鲜血一样。

欧迪安酒店公开经营赌博业。从外面透过窗子就能看到赌桌。街上常常聚集着成群结队游手好闲的看客,他们要么没钱,要么没勇气进去赌一把，就往里瞧着那一局又一局的赌博。酒店并不会赶走他们，相反，最靠窗的那张赌桌被称为"广告桌"，它或多或少引诱着窗外的人们。酒店雇佣一些玩家，故意围着这张桌子玩儿一些低筹码游戏。庄家从不会赢，但是，因为总有人占座，新进来的玩家并不能坐到这里玩儿。楼上还有其他包间，赌注更高，私密性更强，但是赔率同样预先设定，庄家永远赢。

楼上还有一个个小休息室，让生活变得更轻松，隐约能听到一串串银铃般的笑声，一段段小曲儿，和香槟瓶塞不断弹出的颤音。在极少数情况下，你还能听到左轮手枪的射击声，或尖叫声，或两者一起。侍者总是平静地解释，每次总有某位女士见到老鼠，而某位绅士殷勤地拔枪打死老鼠；要么就是某位绅士不小心擦枪走火。没人真正在乎这种还是那种解释。有一次，一具一动不动、柔软的身体被藏在被单下偷偷运到楼下，肇事者依然是老鼠。这个可怜而不幸的家伙一看到老鼠就晕死过去，救不回来了，因此必须把她抬到别处。从没人质疑，也没人关心。

这就是欧迪安。

沃德·沃特斯进去，走向底楼深处长长的红木吧台。那据说是那时候南方最长的吧台。他点了一杯香槟，然后挪到了吧台尽头，那里距离蜿蜒而下的大理石楼梯只有一到两码。他一直看着楼梯，没有碰他的酒。

当然，不能把她的名字卷到这桩事儿里，规矩禁止这样做。

如果他一直在和同阶层的人打交道，那么他们可以彼此达成默契，私下交流争斗的真正缘由，而不必在大庭广众下大肆宣扬。尽管他坚信狄龙已经双手沾满鲜血，但他还是不确定自己提出决斗是否有法律依据。人不可以和病人，或体弱的人决斗，规矩很强调这点。但他别无选择，让他赤手空拳吊打狄龙远远不够。他要狄龙的命。他要杀了他。狄龙从精神上亵渎了她，犯下了难以启齿的恶毒罪行。唯有杀了他才能报仇。

仔细思量一番，他终于找到了满意的解决方案。规矩虽然严格，但有时也可能有弹性。强迫狄龙在大庭广众下亲口承认自己有没有病，每个人都可以作证，无论他承认有病还是没病——沃德·沃特斯可以预料他会说什么——如果他承认自己没病，那么规矩许可，他俩一决生死；如果他承认自己是麻风病人，那么无论他们下次在哪里相遇，他都会一枪打死狄龙。即便新法律不合时宜地称之为谋杀，因此他会被逮捕、监禁甚至可能被绞死。沃特斯不为自己辩护，绝不退缩。这相当于将那个无耻的病人对她的羞辱，转移到他自己身上。沃特斯将因一次普通罪行而被判入狱，作为一个普通罪犯而受审，甚至可能因为这普通罪行而被绞死。侮辱本会更严重。最后，狄龙可能受到世人同情，即使死了也得到了辩护。只要世人还能说出他的名字，受损的就只是沃特斯的名誉，不会波及旁人。不，决斗是唯一真正一了百了的手段，不会留下任何隐患。上帝（他百分百是支持父权制的南方绅士）都将原谅他这热血的儿子。狄龙的皮肤上还没有出现麻风病那可怕的痕迹,他可以放心大胆地与他决斗。

一双亮闪闪、牛血红色的靴子突然出现在楼梯最上方,黄色的鞋面侧边扣着微小的碎钻纽扣。从沃特斯的位置,他看不到鞋子主人的全身。他等着,知道那是谁。钻石鞋扣在楼梯上方停住,站了会儿。沃特斯听到有人问:"你把它锁好了吗?"然后那双鞋的主人开始一步步下楼,慢慢走入他的视线。他瞧着那人,直到触及狄龙那得意自满的脸。沃特斯眼神渐渐冰冷,脸色也因仇恨而发白。狄龙正伸手整理着下巴下方露出的领带,钻石的光彩在他的指关节上四散流淌,似乎从没镶嵌好似的。米吉·伯索尔跟在他左侧身后,相距两步。狄龙边下楼边转头说:"看看晚上我们这儿的景象。估计咱们关门太早了,他们都从哪儿来的呢?"他俩都轻声笑着,带着点轻蔑,那是卖主对买主的嘲笑。卖主本身并不看重这些东西,而即使他们没有这些商品,他们自己也不会买。

沃特斯等着狄龙走下一段楼梯,这样他离楼梯两头都有点远,万一想跑也不能那么快跑掉。如果真跑了,那么必定落个"懦夫"名声。他站的位置比屋子里其他人高,就像站在舞台上,这样就算后排的人们也能越过前排头顶将他看得清清楚楚。

当狄龙下到一半楼梯,沃特斯推开酒杯,慢慢移到最下面的台阶对面的位置,他走得如此之慢,仿佛是飘过去的。

他等了会儿,估算了下狄龙的精确下楼路线,然后,他故意慢慢往上，确定六到八步内两人必定撞在一起。楼梯很宽，足以让六个人并排通过。但如果两个人选择同一直线相对而行，则必定会撞到一起。

狄龙在倒数第六步就意识到了他。倒数第五步，他开始愤怒；倒数第四步，狄龙猜到了他的意图；倒数第三步，他越发确定。因为现在他的脚正对着沃特斯的大腿，两者之间仅剩一步距离。

沃特斯抬脚踩了上去。

他俩都不得不停下了。

两人死死盯着对方，眼神冰冷，都试图仅靠眼神击败对方。或者说，狄龙尝试了，而不是沃特斯。后者不想屈服，只想对抗，因为他只想决斗。

双方都没被眼神吓退。沃特斯采取了下一个更明显的挑衅措施——一种侮辱手势。他竖起大拇指，猛地指向一侧，以无礼的方式指示对方让开。

狄龙涨红了脸，皮肤紧绷，就像湿的石膏面罩开始变干变僵。但沃特斯眼中满满的仇恨显然使他冷静下来。"他喝醉了。"他低声对边上的伯索尔说道，但并没转头。正如人们寻求道德支持时，摸索着把所有其他人都包括在内，只是为了避免感到独自一人面对正迅速升级的危机。

他说完这句挽回点面子，采取了恐惧也会促使他采取的行动：他让步了，退到一边给沃特斯让出路。

沃特斯不接受。他并不想上楼，只想要致命的侮辱。他同样往边上挪了一步，这样他俩又面对面，再次堵了对方的路。

狄龙竭力让自己听起来更严厉，以掩盖可能被人察觉的瞬间恐慌："你到底要怎么样？刚才你要走那边，现在又要走这边。这楼梯够宽，足够咱们俩一起走啊。"

"我说不够就不够！"沃特斯高喊，"我说你撒谎！说你撒谎，就是说你是个骗子！"

然后，他仰起脸，等着预料中的一拳。至少几年前，按照绅士一族的传统，肯定要挨上一拳。在切萨皮克、圣约翰斯、密西西比河和沿海地区，莫不如此。但在德克萨斯州的沙漠平原或佛罗里达的沼泽地，不会有人遵守这传统。因为那里只有即兴表演，没有这种套路式有来有回的挑衅。

拳头并没落下。那样就要开始一场决斗，而狄龙并不习惯于这种有风险的冷血争斗，他退缩了。当有太多人可以为他效劳时，何必要放低身段，使自己陷入与对方一样的水平和风险呢？

"我去叫托比？"伯索尔在身后焦急地问。

狄龙抓住了这能够挽救颜面——救命——的含糊建议。

"快去，叫托比和一些男孩过来。"他急忙答应。

"等等！"沃特斯忽然说。伯索尔不由停下。"我可能犯了个严重错误。"他缩回手，做了个停下的手势，"您的态度……别无其他……"他字斟句酌，"让我疑心，我请您做个澄清。如果您承认自己有病，那我绝不伤害您。您现在要做的，就是一劳永逸地解释清楚。我不可以和一个病人吵架，您知道我不可以……全世界都知道我不可以，那样您就获得豁免权。那么，您到底有没有麻风病？"

狄龙意识到了自己的困境。这次没有出路。如果他承认自己血液不纯，即便逃脱决斗，他也同样可能在这楼梯上被人鞭打。更重要的是，他在新奥尔良的声望将无可挽回地被毁掉，所有人都会躲着他。即使是最卑贱的人，甚至伯索尔，也会绕着他走。

尽管怯懦，他还是在内心偷笑。他想起了一张闪闪发光的古铜色面孔，俯身瞧着琥珀色的灯。他似乎听见一个声音嘀咕着："……您不会被枪打死……"没什么可怕的。他将第一次无所畏惧，在决斗场上直面这些令人讨厌的"绅士"。

他笑得更欢了。他低头看着下面仰起的脸庞，以确保接下来要说的话在那些人中能达到预期效果。"我没有感到任何痛苦。我的血液和任何人一样健康。我寒酸、卑鄙的朋友，你挑时间地点吧。我随时奉陪！"

有人在下面大喊："干得好，戴维！教他上一课！他还不知道战争结束了。"

"我的助手会来拜访你的。"沃特斯大声说道，"我认为自己是受伤的一方，为了上楼不得不从你身边挤过去。"

狄龙刚刚轻快地抖擞起骑士的气派，漠不关心，大摇大摆地下楼，立即淹没于那些全心全意的崇拜者中。每个人都想拍拍他的背和肩膀。他一路走过去，周围响起"戴维！戴维！"的欢呼声，连伯索尔都惊得呆立原地，没立刻跟上去，张大了嘴，仿佛不敢相信自己刚刚听到和看到的。

人群随着狄龙涌出酒店，目送他上了马车，沿着鹅卵石道远去。他们又重新回到酒吧，热烈地谈着刚发生的一切，没人在意沃特斯。他一个人回到吧台旁，尽管红木吧台周围挤挤挨挨，他周围仍然空了一大圈——仿佛那是一种孤独、孤立的魔圈。将来狄龙如果知道哪个人似乎对他的敌人太友善，准没好果子吃。

即使在重新开始赌博的桌子上，每个人的眼睛都偷偷地注视着他，仿佛试图弄清楚是什么样的疯狂控制了他，让他这么去找死。

"一共多少钱？"他终于问了。

经理轻蔑地开口："我们不会收死人的钱。随你喝，都算在酒吧账上。明晚你就不在这儿了。"

钻石戴维到家一小时后，仆人安迪出现在门口："有位伯纳德·伊顿先生来访。"

"他的助手。"狄龙冷笑，"请他进来。"一个瘦弱的年轻人，留着红色的鬓角，一身曾经光鲜，如今破旧的衣服，走进来，僵硬地鞠了一躬。两人交谈不过一两分钟。伊顿说："作为受侮辱的一方，沃特斯先生可以选择武器。手枪——二十步远。"这几乎等于说双方必有一人死亡。显然，对手绝不满足于让狄龙出点血，而是一心要他死。如果伊顿期盼狄龙面露惊恐，那他就要失望了。钻石戴维十分镇定自若。

伊顿补充道："庞恰特雷恩湖的远处，远离城镇有一片坚硬的沙滩。我们明天破晓时在那儿见。双方自带武器。"

"我会请医生的。"狄龙庄严地说。

"沃特斯先生不需要医生。"伊顿冷冷回答。

"那是他的想法。"狄龙在他转身出门时说道。

"你不需要像之前料理那些人那样处理掉这一个吗？"伊顿离开后，伯索尔问。"今晚还有时间，我找到了他住的地方，他在拉姆帕特街上的一个旧阁楼里睡觉。他必须穿过许多漆黑的小巷子才能回到那里，这是一个很好的机会，您最好让我出去叫几个小伙子……"

"当然不用。"狄龙大声说道。

"但是，如果您不摆脱他，那您就不得不亲自面对他了。"

"那又如何？"狄龙冷冷说道，仿佛他迄今为止仍充满勇气。

"突然发生了什么？"伯索尔很困惑，"整个城镇都在您的掌控中——为什么您要冒挨枪子儿的险呢？您会从中得到什么呢？"

"等他能朝我开枪时，他胳膊已经垂下，再也打不中我了。"狄龙轻松地说。

"您怎么知道？"

"因为我知道了一个预言，没有一颗子弹能打死我。"

伯索尔抬高嗓子,带了点哭腔:"您要把希望寄托在预言上吗?您这个一向说一不二的家伙吗?"他抬手按着脑袋,仿佛受不了这种精神衰弱的征兆似的。他摊开双手,仍试图争辩:"好吧,假设这个人杀不了您,那并不意味着他就打不中您,让您受重伤……"

狄龙原本懒洋洋地躺着,和往常一样喝着香槟。这几句话的效果是灾难性的,他呛住了,噗地一口酒喷了出去,一阵阵猛咳起来。伯索尔赶紧拍打他的背。当狄龙终于恢复过来,伸出一只穿着袜子的脚,狠狠踹了伯索尔的前胸后背,以示感谢。

"你之前怎么不提醒我?我现在可有麻烦了。"他气呼呼地对伯索尔骂道。

"那你为什么不跟以前一样,直接干掉他?"

"不行,这次不好办。他看起来太可疑了,目击者太多了。况且,我还想在'某位女士'面前好好表现一番。"他打了个响指,精神又振奋起来,"等等,我有办法了!"他又给自己倒了杯香槟,"根据规则,决斗现场一共有几个人?"

"别问我,"伯索尔耸耸肩,"我从没决斗过。"

"有两个决斗者,两个助手——你是我的助手。还有医生,我会带上自己的医生,弗洛拉夫人的老博迪那。这就是说你只要对付他的助手,最多再加上一个证人。他们甚至可能连证人都不带,最多两个人……"

"您到底想干啥?我又……"伯索尔警觉地叫出声。

"你过去手脚很利索是吧？你告诉过我以前在北方时，你是靠什么起家的？"

"是的，我过去是个扒手。"伯索尔满不在乎地承认，"那和眼下这事儿又有什么关系？"

"对你来说，在那种昏暗灰蒙蒙的清晨，在最后一刻调换枪支轻而易举吧。就在他的助手检查过枪，我们拿起来之前。"

"那又有什么用？反正他还是有枪。"

"当然有用。他会拿到你为他专门组装的枪，而你要带去的这把枪，里面的火药太少，根本用不了。"

圣路易斯大教堂的钟声敲响。清晨五点，新奥尔良仍在沉睡中，但这儿或者那儿，有人已经醒来，数着大钟的敲击声。在附属于慈善医院的一个小教堂里，拿破仑三世时代的伯爵夫人，如今孤单而贫穷的老妇人跪下，为她奇迹般的康复而祈祷。她已将余生奉献给教会和穷人。

在城市郊区的一栋豪宅中，一个惊恐的姑娘蜷缩在黑嬷嬷怀里，低声说道："如果他没来，哦，如果太阳照到树梢时他还没来，那我就知道他不会再来了。无论他在哪里，即使是另一个世界，我也要跟他一起去。"

"嘘,亲爱的,他会来的。别怕。你会看到八九点钟他进门来的，来接他的新娘。我可了解这些萨凡纳来的先生们，什么都无法阻挡他们。"

在钻石戴维斯·迪龙那没收来的住所，煤气灯亮着银白色的光，香槟碰杯声频频响起。人们等着马车到来，他们正在提前庆祝决斗胜利。

"你确定枪里没多少火药吗？"

"我敢打包票那颗子弹几乎射不出枪膛。"

"好极了，你得保证在恰当的时候把它放到托盘上。如果你以前手脚利索，今天就好好表现！"

"他肯定会让您先挑的，他是'绅士'嘛。您到时就挑冰冷的那把。空火药的那把，我贴身收着的，会有点温热。"

"干得好！走吧。"

在拉姆帕特街上的阁楼里，留着鬓角的年轻人把一件干净但满是补丁的衬衫掖进腰里。他瞥了一眼天窗，转身摇着他仍睡在身后小床上的朋友，"醒醒，小子。你今天要决斗了。"

沃德·沃特斯打着哈欠，伸了个懒腰，坐起来。"睡得不错。"他遗憾地说道，"我感觉好极了。"

"你确实睡得不错。"他的朋友说，"我从未听见哪个人的嘴能发出那么大的动静。"

沃特斯咧嘴笑了起来，威胁地向他伸出手臂。

伊顿说："昨晚我雇了一条船，咱们自己划到湖对面去。"沃特斯从地上的水桶里舀出冷水拍着自己的脸。

"我们付得起吗？"沃特斯问。

"我们必须付得起啊。你知道的,不是每天都有决斗。我把爸爸留给我的第二个金袖扣典当了。再说,他可以直接坐着马车过去,我们可没有,走路过去肯定太远了。"

沃特斯发出预言:"好吧,他肯定无法坐着马车回去了。"他用力擦了擦昨天的衬衫。

"那当然。"他的朋友一本正经地表示同意,"我们走之前要先喝一杯吗?"

"干啥?我不冷。"沃特斯一脸轻蔑。

他们沿着没有灯光的楼梯摸索着,把手伸到低矮的楼梯顶上,以免撞到头。外面的街道依旧笼罩在一片柔和的昏暗中。临近拂晓,附近一条小河发出凉爽的气息。他们裹紧外套,以免冷得打战。

伊顿坚持亲自划船划过整个湖。他拒绝沃特斯帮忙:"省点力气干正事儿。"

"省着力气干什么?举起手枪?"

他在冰冷的水中蘸了一下手指。伊顿犀利地制止他:"把你的手收回来,那是你开枪的手。你在干什么?想要冻僵它吗?"

沃特斯轻笑着将几滴冰冷刺骨的湖水拍打到他身上。他迅速做出回应,叫着沃特斯的绰号。那绰号简短响亮,要是由其他人叫出来,都是要命的侮辱,但由最好的朋友叫出来,那就只是相互逗乐。

多么美妙的青春。

湖上晨风拂面，波涛汹涌，他们迎风而行。两束遥远的灯光在对岸闪了闪，被遮住，又重新出现，并最终慢慢地保持在水位之上。他们慢慢划向那边。"他们已经到那儿了。"伊顿转头看向他，"那是你朋友的马车灯。"

"真的吗？"沃特斯话音干涩，"我还以为是他的钻石呢。"

小船在距离方形玻璃车灯相当远的地方搁浅。在朦胧的空气中，方形玻璃灯散发着黄绿色的光环。他们跳下船，把船拉开，把桨放好。"很好，很稳当。"沃特斯很满意，他用脚后跟在沙子上刨了刨，"这就是我选这个地方的原因。"

他们越过静止的马车，白人车夫坐在位子上打瞌睡。他们径直走向那群模糊的身影。那些人背对着他们站着，看着湖边的路，直到几码之内，才发现他们的到来。

"我们迟到了吗，先生们？"伊顿讽刺地问道。

整队人同时转身。一个人说道："他们到了！"

"我得确保我的决斗者能顺利到这儿。"伊顿一边说一边斜眼瞧着狄龙。

他独自上前加入他们。沃特斯站着没动，忙着脱下外套，将外套翻过来，以免被弄脏（这是他唯一的外套），将其双折起来放在沙滩上，在上面放一块石头以免外套被吹走。他接着解开衬衫领口，摘下锡袖扣，然后，就像任何在决斗之前的男人一样，他想着从现在起一刻钟以后，他是否还能活着再次换上衣服。但他没想太久。

"我们现在开始吗?"

东方地平线升起一丝鱼肚白。跃出地平线,天空下方又被黑暗笼罩。很快地平线下又现出第二道白光,就像一把缓缓上升的梯子的梯级。

"先生们,你们将背对背。听到'一',你们各自沿直线向前走十步;听到'停',你们就都停下;听到'向后转',你们就转身,面对彼此,同时抬起枪口,到开火位置;听到'开火',你们就同时开火。听明白了吗?先生们,请挑好武器,各就各位。"

沃特斯轻蔑地做了个手势,让狄龙先挑枪,然后拿起剩下的那支。他自然以为狄龙已经拿走了自己的枪,但他现在手中握着的枪管和枪托都比他预期的要温热,仿佛天鹅绒衬里的盒子防潮效果太好。他想起来了,狄龙的助手,那个他想不起名字的小矮人,他曾站在放武器托盘的折叠椅后面。他的手还扶了扶椅子,以防它在沙滩上翻倒。

他站在那儿,和狄龙肩贴肩,大脑一片空白,等着开步走的指令——但也不是完全空白。他短暂地想到,她家就在远处的某个地方,他正面对着那个方向。

"对我微笑。"他轻柔地吸了口气。

"一"他和狄龙同时迈步,堆积如山的沙子像在传送带或溢洪道上一样快速滑过。

……八,抬右脚;九,抬左脚;十,抬右脚。"停!"声音在他身后远远传来，可能比实际还远，湖上吹来的微风可能使它偏转了。清风拂过，一绺头发垂下来遮住一只眼睛。再过一刻，这可能是一个危险的障碍，但他不敢举手，甚至连空着的那只手也不敢举起来。可能在他举起手臂挡住视线时，正好响起那迫在眉睫的指令。因此，他鼓起下唇，吹了口气，吹开了头发，现在他能看清前方了。

"向后转！"整个世界、湖泊、海岸以及沙滩上的人影都转了一百八十度，静止下来。他举起手枪，调整姿势，突然领悟那不是他自己的枪，而是狄龙的。这两把枪的牌子和尺寸一模一样——这样才符合决斗的规矩——但拇指扣动击锤的手感有些不同，暴露了两者的区别。这把枪手感更僵硬，不如他昨晚反复按压后那样灵活。

突然，沃特斯预感自己将要被自己的枪打死，那把他仔细收好和装填了的枪。与其说是诗意的正义，不如说是诗意的恶意。

还有时间大喊"等等"，在最后指令前扔掉他的枪，要求重新装填两把枪。然而他却无法这么做。他提醒自己，发生的一切没有什么不公平的，装好枪的是他，而不是狄龙。事实证明，这只是运气问题——他自己的运气不好，因此，他只能自食苦果。采取其他任何行动都像是在讨饶。再说，生还是死，双方概率依然是公平的。

似乎才考虑了一秒钟。"开火！"他听见信号，扣动扳机。一声爆炸，但很微弱。一枚废旧的子弹几乎落在他脚下的沙滩上，翻了个身。狄龙仍然站在他面前，没有受伤。

现在他确信自己要死了。阿梅利亚，你那么可爱，我真不舍得离开。他悲哀地想，那是我唯一的遗憾。他僵着身子，坚定地等着死亡。同一条规矩，有人活，就有人死。没有回旋余地——他不知道还能怎么办。

狄龙肯定是故意延迟开火的，这样他讨厌的人就不会死得太快太轻松，会意识到问题所在，遭受最彻底的痛苦。

他在微笑，邪恶的笑容。沃特斯好奇那笑容为何在铅灰色的朦胧里依然如此生动。然后，正如他所料，狄龙开火了。那光芒如此闪亮，简直就不像是一支手枪的火花。那光芒如此璀璨辉煌，却不是向前穿过枪膛，而是向上和向下发出的。那被光照亮的脸现在焦灼起来，瞪着眼睛，张着嘴，然后倒了下去。

同时，米吉·伯索尔跑到一边，哭了出来，一只手拍着胳膊，仿佛被什么东西咬了似的。

沃德·沃特斯缓缓走过那短短的一段距离，回到原点。伊顿和医生已经跑到了倒下的人身边。他一个人站着，那两个人蹲下，把狄龙的身子翻过来。

"他死了。"医生说，"枪就在他手里爆炸。看看那个洞，肯定有什么东西卡在他头骨里了。"

他弯腰凑得更近些，惊叫一声。在晨曦的第一缕微弱光线中，有什么东西在破碎的头骨里闪闪发光,远比殷红的血液更耀眼。他们无声地凝视着那颗裂开的骨头上隐现的巨大珠宝。

"一颗钻石。"医生终于喃喃地说,"它一定是在手枪里,卡住,然后飞出来了。他为什么要在枪里装一颗钻石呢?"

"你要把它取出来吗?"有人问。

"就留在那儿吧。我得切开整个头骨才能取得出来。"他低头看着沙滩上一动不动的躯体,"这可能是人类史上第一个钻石卡在头里下葬的人。"

有人说:"好吧,无论如何,就像他们一直叫的那样,'钻石戴维',这名字取得一点儿都没错。"

1941 年，东京

在香港一家酒店的房间里，电话铃声响起。莱昂斯等了这个电话半个多小时，电话迟迟不响，他已经开始坐立不安。他紧张地来回踱步，终于在铃响时停下，走向电话机。莱昂斯身上穿着一件黑色的日式丝绸浴衣，后背绣着一个白色商标。这件浴衣他穿着太短，露出两条光腿，肌肉发达，腿毛浓密，一点也不像日本人的风格，看着有些滑稽。

前台在电话里说："您好，有一位先生要找您。"

莱昂斯没有询问来人的姓名，就说："让他上来吧。"然后挂掉了电话。

他的旅行箱被放在床脚，没有上锁，他走过去打开盖子，掏出一把左轮枪，检查上膛，把枪塞进衬裤的橡皮筋腰带里。他把浴衣系好，手放在腰上，枪附近的位置。

有人敲门。

"请进。"他说。

门开了，进来的是一个拿着手提箱的男人。男人关上身后的门，站在原地，不再向前走。这是个茶色头发、淡褐色眼睛的白人。

莱昂斯只知道自己从未见过他。同样，对方也没见过莱昂斯。

"晚上好，"男人讲的英语带着一点口音，"我是销售相机和摄影器材的。请问您感兴趣吗？"

"谢谢，不过我已经有一台相机了，日光牌[1]，日本产的。"

两人的对话既僵硬又不自然，就像在背课文，或者说像演员第一次对台词一样。

"用着还满意吗？"男人问。

"这拍出来的效果非常好，"莱昂斯说，"你想不想看几张我拍的照片？"

莱昂斯再次走向自己的旅行箱，拿出一双袜子，袜子从尾到头被卷成球，袜筒翻过来套在外面。他从袜子里面翻出一个小塑料瓶，有点像个药瓶。

那个男人此时也打开手提箱，拿出一个长长的马尼拉纸信封，

---

1 日光牌：这里疑为莱昂斯的口误，把尼康（Nikon）说成了日光（Nikko）。

封好了口,但没有写收件人。他把信封放在旁边的桌子上。

男人拿起小瓶打开盖子。莱昂斯拿起信封打开封口。

随后,男人拉开卷紧的微缩胶卷,对着灯光研究前几张底片。莱昂斯数了数美金,都是五十和一百面值的。

"你拍得很好。"男人赞同地说。

这句话就像暗号一样,说完男人就把小瓶子装进手提箱,莱昂斯也把信封收进自己的箱子里。

男人回到门口,开门,向走廊张望了一眼,仿佛在看四下是否有人。

随后他说:"晚上好。"讲的依旧是蹩脚的英语,很明显他是想说"晚安"。

"再见。"莱昂斯回答。

大门关上,男人离开。

莱昂斯拿起电话,问酒店前台:"之前你说去长崎的船什么时候起航?"

"要到明天早上九点,先生。"

莱昂斯挂断电话。看来他只能在这里消磨一个晚上了。

他首先把枪放回箱子,又从信封里数出几张百元钞票,塞进钱包里。他换好衣服,打算出门,到城里度过一晚。

人力车上有个中国姑娘,讲话一副伦敦东区口音,纯正得让人惊奇,肯定是和商船上的船员还有英国水手厮混久了学来的。"别去太久，亲爱的。我们得在那里关门之前到，你知道的。"

"我马上就回来，中国娃娃。"莱昂斯胡乱亲了亲她，跳下车跟着一个中国老头走到灯暗着的商店门口。"在外面等我，让我看看这家伙藏了什么好东西。"

老头打开门上的挂锁，往里走了一小段距离，点亮了一盏南瓜形状、南瓜颜色的纸灯笼，让灯笼飘到天花板上。他接着往里走，如法炮制点亮了一盏黄绿色的灯。然后他放下竹帘，遮住临街的窗户。

"到底有什么了不起的？"莱昂斯不耐烦地问，"在上一家酒吧，你纠缠了我半个小时，我原本不想买东西，可是已经被你磨得没脾气，好奇得快不行了。"

老头咯咯地笑起来。"我给你看，给你看。"但他先把挂锁取下来，挂到门内侧。

"这是什么意思？"莱昂斯问，眯着眼睛看向老头，困倦中保持着谨慎，没有丝毫紧张。"别和我耍花招，我对付得了你，而且外面还有个姑娘等着我呢。"

"不，不，先生，我是绅士，不是强盗。"老头严肃地抗议，"只是确保我给你看的时候没有人打扰。"

"这么值钱，嗯？"莱昂斯冷嘲热讽地说。

"嗯，那是，那是。"老头走到后面消失了一段时间。莱昂斯等得焦躁起来，大声喊道："嘿，我说，你在里面干什么呢？让我在这等着,自己睡觉去了?"

老头拿着东西回来了。"得藏在最安全的地方,你明白的。"

那是一个小小的漆盒,老头打开盒子,取出伪装的夹层。

莱昂斯看到这个拉下了脸,以为只是什么饰品或者古玩。

"过来,到灯光下面。"老头把一小块棉垫放在柜台上,一颗钻石在上面光芒闪烁,莱昂斯从没见过这么大的钻石。

莱昂斯费力地盯着钻石看。"这里没有电吗?"他抱怨说,"我什么都看不清。"

"没有电。"老头说着,拿出一盏矿工用的灯和一张反光的锡纸,在柜台上照出一块亮白色,就像撒了一摊硼砂。钻石在中央仿佛变成了蓝色,散发出的光束就像豪猪身上的刺一样射向四面八方。

莱昂斯盯着钻石,很久没说话。

"要我来做什么?买下来?"

老头满意地垂下眼睛表示赞同。

又过了一会儿,莱昂斯问:"为什么是我?"

"你有很多钱,在酒吧里我看到了。你是美国人,花钱大方得很。而且,你付的是美元,世界上最好的钱。"

莱昂斯没有回应,又问他:"我怎么知道是不是真的?"

"肯定是真的,这么大不可能是假的。如果是假货,肯定要做小一点,差不多中等大小,这样才更容易唬人,好卖。要是做这么大,没人敢信是真的,有什么好处?所以肯定是真钻石。"

听起来有点绕,但确实有道理。

莱昂斯又问了一个问题:"就当这钻石是真的,那你凭什么觉得我会买?"

"我研究过你,在酒吧里的时候。你这样的人会买,而别人不会。你就是这样的性格。莽撞、冒险,喜欢刺激。觉得自己活不长,也不在乎活多久,活着就是为了找乐子。我看到你花钱的样子了,买酒喝,找女人,跟着音乐跳舞。你是这样的人,半夜从陌生人手里买一颗钻石,即便你压根用不上。你只想及时行乐——因为怕见不到明天的太阳。"

莱昂斯没有接话,但他慢慢地露出笑容。"你是怎么得到这颗钻石的?"他好奇地问。

老头叹了口气。他坐到莱昂斯边上,点燃一根烟,若有所思。棉垫上的钻石还留在柜台上,老头往自己这边拽了拽,这样一来莱昂斯就无法轻易拿走。看来外面的夜美人要再等一段时间了。

"说来话长。我在你们国家待过一段时间。他们说两个男人决斗,一个把另一个杀死了。可能是真的,也可能只是传言,我也不知道。说是后来,被杀的那人有个朋友,从棺材里的尸体上偷走了这颗钻石,带去了大城市纽约。城里有头有脸的人从他手里买下了这颗石头,这个人控制整个城市。像这种大官,你们叫什么来着?"

"大官?"莱昂斯重复道,试图帮助他,"你是说政客老大?"

这些描述只能让他联想到一个名字。"就像特威德老大[1]那样的？"

"是他。"老头立刻确定地说，"就是这个名字。"

"有来头了，"莱昂斯认同地说，他在不知不觉中被吸引了，"然后呢？"

"他把钻石送给了一个女演员，是他的情人。后来他倒台了，丢了乌纱帽，因为太腐败。"

"我听说过。"莱昂斯冷冷地说。

"那个女演员再也没走运过，她演的所有戏都砸了：一次因为内容下流被警察叫停；一次剧院着火，死了很多人；一天晚上演戏的时候，她从台上摔下来，摔断了腿，只能戴上像石头一样的东西……"

"石膏。"

"戴了六个月。后来，她一辈子都得拄着拐杖走路，再也演不了戏。之后她去了欧洲，每天晚上都在蒙特卡洛的赌局上……"老头用手做出画圈的姿势。

"轮盘赌？"

他点点头。"大转轮、掉进洞里的球。她每天晚上都输，一晚接一晚，从没赢过。所有东西都被输光了，你说的那个男人给她的所有东西都不剩了。一天晚上她带上了钻石，她就只剩这个。

1　特威德老大：美国民主党纽约市头领威廉·特威德的外号。

赌场不接受，只允许赌钱。但有个俄国大公[1]和她在同一桌，看到钻石，买了下来。"

"我猜之后她就赢了。"

"她连卖钻石的钱都输光了。她跑到赌场外面，掏出小手枪——你知道的，就是那种枪柄上有珍珠的，很大……"

"然后自杀了。"

"没死成，两只眼却瞎了，子弹穿过脑袋。她活到很大年纪，什么都看不见。"

"真可怕，"莱昂斯扮了个鬼脸，"只不过我一个字都不信。"

"这是钻石的上一任主人告诉我的。全都是他说的，我也不知道真假。"

"继续，"莱昂斯说，"你是怎么拿到钻石的？"

"那个大公带着钻石回到俄国。那是在革命之前，人们不喜欢沙皇和沙皇政府，还有沙皇的官员。有人在他的座位下面塞了炸药。礼拜天他和家人去教堂，全都被炸飞了。大公和老婆女儿都死了，连坐在他腿上的小狗也死了。只有一个儿子因为得了腮腺炎，在家卧床，没去教堂。"

"这个儿子后来怎么样了？"

"后来也遭了厄运。他娶了一个沙俄公主,生了个儿子。有一天，小男孩摔破了膝盖。所有的小男孩都会摔破膝盖，可这时他们发

---

[1] 大公：俄国沙皇时代的太子，阶级仅次于国王。

现这个小孩有种病，血流出来就止不住。"

"我听说过。"

"二十四个小时之后他就死了，只是因为摔破了膝盖。后来闹革命，革命军趁着大公不在家烧塌了他们家的房子，劫走了他的老婆，把她关在军队总部的小屋里。到了晚上，士兵排着队进去。第二天早上，他们忘记牢牢看住她，她用两条丝袜挂在窗户上，上吊了。"

"那大公呢？"

"他藏在火车里，横穿西伯利亚，熬了很多很多天，终于逃出国。因为天气太冷，他只能用斧头把一只手砍掉。"

"冻疮？"

"我亲眼看到的，一只胳膊光秃秃，没有手。我是在哈尔滨遇到他的。他一无所有，只剩一颗钻石。他从垃圾箱里找吃的，在别人家的台阶上铺着报纸睡觉。他叫住我，求我收留他一晚上。我带他去餐厅，请他吃了顿饭，然后他从脚趾缝里取出钻石给我看。他的脚上已经没有鞋穿，只有几缕破布。我给他钱，买下了钻石。他对我下跪，亲吻我的脚，哭了起来。"

"一个大公的儿子。"莱昂斯沉吟道。

"没过多久我自己也要逃命去了，"老头继续说，"我和满洲国的军阀树敌，他们没收了我的生意和所有的财产，派人追杀我。如果我留在那儿，会吃枪子。于是我来到香港，我认识的人在这里开了这家小店。他让我睡在店里,给我饭吃,给我茶喝。"

他悲伤地看着钻石。"我曾经也是个有钱的生意人,可现在……"

莱昂斯也看着钻石。

他伸出手,拿起钻石,放在掌心,就像捧着一团白色的火球,却没被灼伤一样。

老头仔细观察莱昂斯的表情,但莱昂斯不肯开口先说话。他知道先开口就输了。

他的沉默最终击垮了老头。

"五千美元卖给你。"

"你在抽鸦片。"莱昂斯简短地回答。

"两千。"

"你没资格要价,你被困住了。说了这么多话,你就是在作茧自缚。"

"一千。"

"别倒数了。我说了算,不是你。我喝了不少,好说话,容易上当受骗。我出五百,明天早上我肯定会后悔。"

"哦,使不得,使不得!"老头生气地喊,双手捶着自己的脑袋。

"当然使得,"莱昂斯模仿着老头的语气说,"而且,最好趁我没反悔的时候,赶紧的。不然一分钱我也不出。"

老头像祈祷一般两手紧扣在脸上,眼睛望向天花板。

"决定吧。"莱昂斯冷漠地说,"我还要出去找我的小妞呢。"

老头投降了,沉默无助地摊开手,绝望地垂下头。

然而,莱昂斯似乎觉得这场交易还不够一边倒似的,他又有了戏弄老头的新想法。"我身上只有二百五十块,"他油腔滑调地说,"剩下的钱都在酒店里。"

"好吧,我先给你留着,明天你再来付剩下的钱。"老头这样说着,有些心不在焉。

"留着?去你的!"莱昂斯突然发怒,提高嗓门,假装因为自己的诚信遭到怀疑而生气。"要么现在就让我带走,要么你就自己拿着吧。休想心存侥幸,我的想法变得可快了,明天说不定就不想买了。我住在维多利亚酒店,这里最高档的酒店。"他掏出房间钥匙给老头看上面的标志牌。"上面有我的房间号,在这儿,看到了吧。"他的手来来回回移动了几次,"这是二百五十块,明天你再来取其余的钱。"

"几点?"老头知道自己被耍了。

"别太早。我今晚可要大干一场。"莱昂斯对他说。莱昂斯前往长崎的船九点起航,他都记得。"大概十一点吧,直接上来敲门就行。"

"哦,对了,"莱昂斯又掏出一张五元的钞票问,"有香水之类的小物件吗?外面等我的姑娘不需要知道我来这里究竟买了什么。我一出去,她肯定会要我把买的东西给她,或者趁我睡着的时候自己偷走。"

当莱昂斯把包装精美的香水递给她时，那姑娘惊呼了一声："啊，我看看，是送我的吗？真好。这瓶香水叫什么？"

"西班牙苍蝇[1]。"他不着调地说。

约翰·莱昂斯住在麻布区的一座西式小屋。这并不是说他家的房子更结实，只不过比当地别人家的房子牢靠一点罢了。房子是木头的，红瓦斜顶，白色墙漆，外墙底部围了一些石头。屋子后面和两侧是自家花园，莱昂斯以每个月37.5美元的租金租了下来。在东京被占领前的那段时间里，的确物有所值，屋内甚至还有家具，数量不多，都是日本人眼中的西式家具，但桌子腿和椅子腿相比于细长的西式家具来说太短了。另外，他们还请了一个女仆，从早上七点到晚上七点，一周算下来不到七美元。莱昂斯还有一辆破破烂烂的1934年的雪佛兰，开着四处兜风。这辆车是他二手买来的，已经快要散架，但他有机修工的手艺，修好之后就能开车到想去的地方。

这一切堪称完美，顶峰旅行社每月支付给莱昂斯的一百五十美元刚好够他们支付这些费用。旅行社位于纽约第五大道和四十八街，在旧金山市场街也有分社，但在东京没有办公室。莱昂斯在

---

[1] 西班牙苍蝇：一种鞘翅目甲壳昆虫，可用于壮阳药剂，具有危险性。

每月十五号左右收到支票，兑换的日元相当可观。

露丝大约每隔一周就会陷入思乡的忧愁，这时莱昂斯就会问她，我们如果在家，只用这点钱能生活得这样好吗？

"这叫生活吗？"有一次她反问道。

露丝不喜欢这里，他知道。他们没有孩子，刚结婚的时候，遇上大萧条，他们不敢生孩子，因为养不起。现在他发现自己也并不想要孩子。现在这样更好，他的习性已经变得像狼一样，无法再改变。实际上，他并不想也不打算改变。他喜欢每天晚上跑去酒吧和俱乐部，见见哥们儿。他从不带露丝去，所以露丝有大把的时间不知如何是好。

这还不如莱昂斯以前每隔两三个月飞一趟马尼拉或者香港。正因如此露丝才感到孤独，不喜欢这里。

出租车把莱昂斯从火车站带回家，他在家门口下车。在这之前，他从香港的酒店出发，乘船到长崎，又从长崎坐火车。他这次一共离开了五天，兜了一圈，最后回到家。

莱昂斯又高又瘦，长手长脚的。他有一头浓密的深色头发，实际上是毫无生气的淡褐色，发际线还没有后退。他的眼神敏锐，眼睛下面一大片黑眼圈，因为喝酒太多，招的女郎也太多。他的面容憔悴，多半也是一样的原因。莱昂斯长相算不上难看，但快节奏的纵欲生活开始在他脸上留下第一道痕迹，他看上去大概有四十岁，实际上只有三十五岁。

他一条胳膊上搭着一件人字呢大衣（对于十月的东京来说，现在的天气有些过于暖和），另一只手里提着一只小小的旅行箱。

露丝一定是看到他的车停在家门口了。在他掏钥匙准备开门的时候，她就打开了门。

她和莱昂斯一样高，红头发，蓝眼睛，一张漂亮的美国女孩面孔。她没有涂粉，露出脸上的几颗雀斑。

"我的女孩还好吗？"他不假思索地问。

露丝双手搭在他的肩上，扬起脸。他吻了吻她的嘴唇。

"你好啊，约翰尼。"她说。

他嫌弃地把眼睛紧紧闭上。"又来了，这个名字。"

"又开始了吗？"她说，"又有新花样。"

"不是。我从来都受不了这个名字，小时候也是。扎小辫的小女孩们叫着……"他尖声尖气地模仿，"约翰尼——！约翰尼——！"过了一会儿他又说，"听到这个名字，我就觉得自己长不大。"

"你不就是长不大吗？"她反驳道。

"谢谢。"他说。

"我一直这样叫你，在我们结婚以后。"

"我一直不喜欢。"

"你是不喜欢这个名字呢？"她突然想到，"还是不喜欢我叫你这个名字？"

"不要再讨论这个了,好吗?"

"好吧,约翰。"她的声音有一点尖锐,"这一趟顺利吗?"

"一如往常。"他随口回答。

她给他一个高深莫测的表情,随后他们关上门进屋。

有一次,莱昂斯差点和她互换位置。"你想不想代替我去?"他带着热切的表情问,仿佛觉得是时候让她做点有用的事情,而不是天天在家擦地板了。

"为什么我们不能一起去呢?"

"这不可能,"他断然拒绝,"总得有人在家里看着。"

"有什么好看着的?你连个办公室都没有。"

"我们不能同时去,就是这样。你想去的话就去,不去就算了。"

"好吧,"她最后同意了,"那我去就是了。我需要做些什么?"

但莱昂斯依旧不满意。"你能保证一定按我说的做吗?"他说,"什么问题都不问?"

"好的,当然了,只要你希望这样。"

她出发的前一天晚上,在她准备上床睡觉的时候,莱昂斯进到房间里,递给她一个圆柱形的小物件,用油绸或者塑料包得严严实实,她也分不清楚到底是什么,粗细和一支烟差不多,长度没有那么长。

"明早穿衣服的时候,把这个塞进一只袜带里。"他告诉她,"明早我会再给你一个,塞进另一只袜带。"

她可能辗转反侧了一整夜。早上，她突然对他说："约翰尼，我不想替你去出这趟公差了。我总觉得有什么事情……让我害怕。总觉得哪里不太对劲。"

他用力盯着她看了很久，然后冲出家门自己去出差了。

他离开了两个星期，露丝知道这期间至少有几天他和别的女人在一起，但她也知道这可能不是第一次了。

而现在，莱昂斯又一次出差回家。他问她："最近有什么事吗？"

"哈里·松子打过电话。"

"我告诉过他我不在……他不知道吗？"

"他说你告诉过他，他只是想看看你回来了没有。"

莱昂斯和露丝之间的交流似乎很困难，他们两个并非紧张不安，而是无话可说。不仅是现在，很久以前他们就没话说了。

"还有吗？"

"哦，有家屋顶承包商来过。我说了半天他都听不明白……"

"我没找过这样的人。"他眯起眼睛看着她。

"我对他说，我确定你没找过，要么就是没告诉过我。我努力告诉他屋顶不需要修理，但他说是什么城市规定，要检查瓦片有没有松动，确保不会掉下来砸到人。然后他们自顾自地搭了梯子，爬到屋顶上。"

"一共几个人？"

"两个，承包商和他的助手。他们在屋顶翻来覆去看了一个小时,我甚至看到他们把几块瓦片掀起来看下面。"她停下来,问,"你为什么要那样?"

"哪样?"

"用一只手摸脸的两边?"

"因为我觉得我得刮胡子了。"

"不对,"她淡淡地说,"我说有家屋顶承包商来过的时候,你就这样了。"

此时他们两个在卧室里。他抖掉外套,随手搭在椅背上。"我想我还是洗个澡吧,"他说着解开领带,"从长崎回来的火车煤灰可够脏的。"

露丝的目光看着他,心思却像飘在另外一个世界。

莱昂斯脱得只剩短裤和汗衫。他突然停下来问:"你为什么这样站着?你没见过我脱衣服吗?我不需要帮忙。"

她吓了一跳,回过神来。"我去看看米琪饭做得怎么样了。"她说着走出房间。三木[1]是承包他们家所有家务的女仆,她的全名太长,于是他们就只叫她名字的前两个音节,米琪。

莱昂斯洗完澡出来的时候,露丝又回到了房间里。莱昂斯用力擦着头发。他停了一下,仔细审视她的表情,然后点了点头。"你不问出来是不会作罢了,对吧?"

"不,"她疲惫地说,"我只是过来看看你还需不需要毛巾了。"

---

1 三木:三木(Mikki)的发音和米琪(Micky)很像。

她指了指椅子上面，那里躺着一条叠好的毛巾。

他背过身去，开始穿衣服。

"只不过，如果一个丈夫告诉自己的妻子不要站在一边看他脱衣服的话，"她接着说，"这不是因为害羞，不可能是。这是因为他有事情瞒着妻子。"

他没有回答。

"我找到藏钱的腰包了，里面有五千美元现金。"

"你真是不嫌麻烦，还数了数。"他扭过头说。

"反正你也不信任我，"她挑明了说，"我还不如趁着有机会自己搞清楚。"

"来吧，你问吧，"他挑衅地对她说，"问问我这钱是从哪来的，怎么来的！"

"你会说实话吗？"

"不会！"他厉声说。

她耸了耸肩，表示自己早就知道问了也没用。"还有那颗没有镶嵌的钻石，是从哪来的？"

"哦，那个你也看见了。"莱昂斯走到露丝面前，摊开手掌，钻石就放在他手心里。"这件事我不介意你问我，"他毫不犹豫地说，"虽然说了你可能也不信。在香港的时候，一个中国老头找到我，问我要不要买这颗钻石。他在逃亡，需要钱。我花了几个小钱就买来了。"

"这么大的钻石,你不可能花几个小钱就买来的。"她怀疑地说。

"说不定是赃物。"

露丝对钻石不感兴趣。"希望它能给你带来好运。"她冷漠地说,又加重了语气,"我在你胸前的口袋里发现了一条中国女人的丝绸手绢,上面还有一股廉价香水味。"

"那是我从街上捡来的。"

"手绢还是女人?"她甜甜地说。

"哎哟,从我回家到现在半个小时了,你一直在这里喋喋不休!"他喊道,然后狠狠摔上门,整栋屋子仿佛都晃动了一下。

出租车停在特勤总部前面的时候,女孩害怕极了。她的脸上写满恐惧,一举一动都很紧张。她低下头,然后用余光偷偷打量眼前这座丑陋巨大的水泥建筑。她双手颤抖,飞快地翻找着钱包,给司机付钱。司机找给她零钱的时候,她又手忙脚乱起来,掉了不少在地上。最后,她开门下车的时候把手套落在了座位上,司机提醒她才发现。

对于一个日本女孩来说,她美得不可方物,高挑挺拔,两条匀称动人的长腿,在日本实属难得一见。她穿了一身浅黄褐色的女士茧绸西装,白色翻领,黑色领巾系在胸前,像极了艺术家平日的穿搭。

她迈上台阶，走进大楼，看上去被吓坏了。她浑身透露出的不安仿佛在说：我为什么会被叫到这里？我做了什么？进到这里还出得去吗？

她注意到大楼里有一位服务人员，于是走上前问他："请问塞苏上校的办公室怎么走？"

那人指了一下："一直向前走到底。"

她走到门口，站着看了一会儿，最终走了进去。

办公室外间一点都不吓人。有几张办公桌，坐着几位打字员和一位接待员，都是上班族的模样。不过他们全都是男人，一个女人也没有。

她被请入办公室内间等候，她坐到一把靠墙的直背椅上，开始紧张地拍打戴着宽松手套的双手。突然，门开了，进来的是一个穿制服的年轻男人，僵硬冷漠得像个机器人。"请到这一间来。"他命令道。

她起身走过去。年轻男人为她关上门，没有跟进去。

坐在房间中央办公桌前面的男人也穿着制服，六十多岁，秃顶，脸有些宽，但看起来非常睿智。他手边的漆盘里有一支点燃之后并没动过的香烟。

女孩在房间中央站了几分钟，而他在看文件。过了一会儿，他盯着文件，头也不抬地说："你就是富子？"

她低下头。"是的，上校。"

"你每天晚上在江户娱乐厅跳舞赚钱？"

她又低下头说："是的，上校。"

他继续埋头看文件，开始喃喃自语，让人听不清楚，仿佛他不再需要向她确认其他信息一样。"二十四岁，出生在东京，祖父在对马海战的光荣胜利中不幸牺牲，大哥死于卢沟桥事变。"

上校卸下正式的腔调，把文件放到一边，双手舒适地握拳放在桌上，但依然让她站在面前，保持立正的姿势。

"荣耀的家庭。"

富子鞠躬感谢。

"你愿意效忠天皇陛下吗？"

这一次，她满怀敬意深深地鞠了一躬，手臂紧紧贴在身体两侧。"我愿意献出自己毫无意义的生命。"

上校严肃地点头称赞："不愧是大和民族的女儿。"

"但我只是个女人，如何能做到呢？"

上校对她越来越满意。一开始，他对她西式的着装和不像日本人做派的工作抱有本能的反感，而现在这种反感逐渐消退。他可以看到她的内心还是地道的日本人。在她的心中，神圣的爱国之火在熊熊燃烧。

"的确，男人必须在战场上献出生命。但是有些方面男人无法涉足，只有女人可以。这对我们国家的利益来说也很重要。在神明眼中，同样有意义。"

她的眼神炽热起来。"请命令我。"

他彻底喜欢上了她,不是出于个人情感,而是因为爱国之心。"请坐。"他说着,取出两支烟,一支给自己,一支递给她。

"这不是我们做的事情,"她静静地说,"这是其他人做的事情。只有男人才抽烟。"

"一年多以来,"他没有再做任何铺垫,"在这座城市的某个地方,有一个秘密的无线电广播发射机,一直在向外发送加密信息。我们的侦查小组不止一次接收到这种信号。这只说明一件事,有一个或者多个敌方特务潜伏在我们的首都。目前我们无法精准确定发射机的位置。我们的无线电检测不够精确,但是还有其他的方法关闭它,那就是找出并逮捕操作发射机的特务。我们从最初的近两百名嫌疑人开始排查,目前锁定至六个人以内。

"在麻布区住着一个美国人……"说到这个词他的表情扭曲了一下,"名叫约罕·莱恩[1]。他是你的目标。他是嫌疑人之一,而其他嫌疑人都被清理了。外部严密的监视一无所获,我们已经多次搜查他的住所也没有任何发现。只能从内部突破,从男人不设防备的方面入手,才能取得成功。这就是你的任务。你也许需要躺在他怀里,和他肌肤相亲。这样的要求是否太过分了?"

"不。"

"应该不会太难,他喜欢招惹女人。虽然所有的男人都这样,

---

[1] 约罕·莱恩:上校用日语发音念出莱昂斯的名字。

但他似乎尤其对此上瘾。只有确保任务完成,万无一失的时候,才能收手。"

"我到哪里去找他?如何接近他?"

"你会拿到一张他的照片,在离开这里之前记住他的长相。我们会安排你们见面。他的家正在被监视,他离开家的时候,接电话的肯定不是他本人,我会让人打电话到他家,报上刚才提到过的五个人里其中一个的名字,那人是日本籍的加利福尼亚人,我们会以那人的名义约他到你跳舞的江户俱乐部见面。他的妻子,在我们看来有些愚蠢,分辨不出我们的声音,她会替我们传信。等他去俱乐部的时候,他的朋友自然不会出现,而他会看到你。接下来一切将按部就班地进行,你会知道该怎么做。不需要学习书本,你很有天赋。

"我会让电话总局安排一条闭路电话,这样你就可以在白天或者夜晚的任何时间联系到我,无论我在家里还是在这间办公室,无须经过平时的接线总机和拦截处,只要报上我的名字和你的名字,这样一来可以节约宝贵的时间。"

她跪倒在地,额头贴在地面上。

"我发誓效忠天皇陛下。"

江户俱乐部位于银座附近,相当于东京的百老汇、皮卡迪利大街,或者香榭丽舍。珊瑚红色的灯牌上用汉字写着这里的名字。牌子上没有一个英文字符,但这里却处处透着西方气息。俱乐部本身就是西方的产物，不像日本本土的艺伎屋，则是完全不同的氛围。

俱乐部里的所有人都穿着西式的衣服。酒保忙着调制马提尼和代基里酒，却不是为了给客人上酒。莱昂斯进门的时候，一支小型日本乐队正在毫无节奏感地拉着一首古老的美国曲子《扣上外衣纽扣》。几对情侣在舞池里跳着老式狐步舞。

按照莱昂斯自己的要求，他坐到木地板最边缘的单人位子，没有去墙边的沙发软座。他点了一杯汤姆可林，耐着性子看完由杂耍人、魔术师、穿和服的女助理表演的戏法，一边看一边想自己到底来没来对地方。

紧接着，原先照亮整个大厅的聚光灯汇聚成一个耀眼的白色光斑，一个女孩出现，开始跳舞。

看到她的第一眼，莱昂斯就被迷住了。从她身上发出的强烈电波传递到他的身上。正因为他是这样的人，因此瞬间就被征服。

一开始，她穿着一件深紫色丝质和服，上面绣着仙鹤与菊花，腰上系着淡紫色宽腰带，头戴金色的眼罩面具。她优雅地保持着姿势，随即解开和服，然后脱掉——脱下的衣服由女助理飞快拿走——接着开始真正跳舞。

从任何意义上说，她都不是在跳脱衣舞。一层薄绸从她的胸部垂到腰部，另一层从腰部垂到小腿。随着动作起伏，她的身体若隐若现，令他心神荡漾。这样的画面刺激着他的神经，他几乎感到晕眩,不得不紧紧抓住椅子的边缘才能坐稳。

在她迈出第三步之前,他就已经被她俘获,他身体里的每一根神经都想得到她。接下来她跳了什么舞,他已经看不清楚。他被那道魔咒击中,视线变得模糊,呼吸比音乐的节奏还要急促。

在她舞毕退场之后,室内明显平静下来。他的心跳逐渐放慢,呼吸平复了下来。

他端起酒杯缓缓饮尽,颤抖的手慢慢取出一支烟,然后强行拽住一个侍者的衣服。

"她叫什么名字?刚才跳舞的那个,你必须告诉我。"

"富子。"侍者平淡地说,似乎已经对此习以为常。

"等一下,"莱昂斯继续拽住他,"告诉她,让她过来,让她到我这桌来。如果她不来的话,我就自己进去找她。"

"也许她不喜欢这样。"侍者回答,脸上依旧无动于衷。

莱昂斯把一张纸币塞进侍者胸前的口袋,试着重新控制自己的情绪。"问问她愿不愿意到我这里来,就说我非常希望能见到她。"

随后,在他等待的时间里,莱昂斯一点都不希望松子出现了,不过松子原本也不会来的。

她没有让他等太久,考虑到她从头到脚换了一身休闲装,速度确实很快了。当然,她身上的是西式休闲装,一条黑色羊毛裙,脖子上戴着六串珍珠,头发也重新打理过。先前插满花朵和簪子的日式发髻不见了,取而代之的是柔顺秀气的波波头,额头上留着娃娃似的刘海。她身上飘着淡淡的茉莉花清香。

在离他还有一段距离的时候,她故意停顿了一下,让自己看上去没那么着急。她的臀部稍微扭向一侧,一只脚的脚尖向前,两只手插在腰两侧的漆皮口袋里。

"晚上好。"她用得体的英语说。

他"蹭"的一下站起来,椅子发出掷骰子一样的声响。"请问您愿意赏脸陪我坐坐吗?"

"如果您希望的话。"她端庄地说。

他绕到桌子的另一侧,帮她拉椅子。他完蛋了,他没有逃跑的机会,也不想要。

侍者热情地站在他们两个旁边。

"一杯茴香酒。"她对着莱昂斯说,而不是对着侍者说。她用这种方式告诉莱昂斯这里由他做主。对于这样的心机,她了如指掌。

"一杯茴香酒。"莱昂斯对侍者重复了一遍,尽管侍者距离她比离莱昂斯还要近。

"你喜欢我跳的舞吗?"她问他,打破他们等待时的沉默。

"我没有看到。"他说。她耐心等他说完,"我只看到了你。"

她笑了一下,表示把这当作赞美而不是侮辱。

"要来支烟吗?"

"我不怎么抽烟,"她说,随后出人意料地加了一句,"不过如果你希望的话,我也可以抽一支。"

这是个绝佳的暗示,他也领会到了。"我不会让你做任何你不想做的事情。"说完他意味深长地停顿了一下。

她假装没有听懂。"我们还没到那一步,离我们还远着呢。"

侍者将酒杯放在她的身侧,避免挡住他们之间的视线。

她举起酒杯。"为我们的友谊。"她礼貌地说。

"不行。"他说。

"为什么不行?我们不能做朋友吗?"

"哦该死,你知道我们做不了朋友。"他压低嗓音说。

她抬起一只手,做出一个小小的拒绝手势,并且露出微笑以示礼貌。"我不想让任何人失望,尤其是你,所以我们需要事先把话讲清。过一小会儿,不是现在但也用不了多久,我就会起身回家。已经很晚了,我跳过舞,我很累,明天还要早起。"

"你凭什么认为我不会和你一起呢?我的车就停在外面。"

"很好,那你就可以送我到家门附近了,这样我也省去了这么晚打车的麻烦。"

"什么叫'家门附近'?"他怀疑地说,"我不能和你一起进去吗?怎么,你家住在国外还是哪里?"

"很不巧,我和家里人一起住。"

"哦,算了吧,"他抱怨道,"别又来这一套。"

"是真的,"她又强调了一遍,"我全家人都住在一起。父亲、母亲、两个妹妹,还有一个小弟弟。不信的话,你可以问俱乐部经理。

他——询问过我的家人,才允许我签合同。我家里人能接受我用西方人的方式工作谋生,但我还不能带人回家,他们并没有这么开放。"

"我今晚一定要好好过!"他长叹一声,仰面朝天。

而她说:"你怎么知道,这一个之后,不会有下一个呢?"

"你先前放在楼上最里面那个房间的小收音机去哪了?"露丝在吃早饭时出其不意地问。

"我卖了。"

他又喝了一口咖啡,然后问:"你怎么突然问起这个?这都是多久以前的事了。"

"有点突然,是吧?你过去总是把自己锁在里面,捣鼓起来就是几个小时。"

"锁在里面?你怎么知道我上锁了?"

"我有那么一两次不小心试了试能不能开门。"

"不小心,我猜也是。"他只说了这么一句。

"我还在想另一件事,"她继续说下去,"就是那些无缘无故来我们家的人。一个屋顶承包商,而我们的屋顶根本不需要修理;一个电工,可供电也没问题。有时,他们走之后,我从窗户往外看,发现他们根本就没去过别人家,他们只来了我们这一幢房子。"

"所以呢?"

她沉默了一会儿,然后说:"你看,我不是傻子,约翰。我读过大学,加州大学洛杉矶分校,和你一样。实际上我们就是在那里认识的,记得吗?跟我说实话吧。到底怎么了?"

她等待了一会儿,想让他真正理解自己的话。

"你什么意思?什么怎么了?"他最终挤出一句话。

"就是字面意思。发生什么了?最近怎么了?你到底在做什么?我需要给你画一幅画像吗?"

他盯着她不说话。

"好吧,那就这样说吧……你听好。顶峰旅行社每个月给你一百五十美元工资,你却连个办公室都没有。那你都是在哪里卖票,什么时候卖的呢?你隔三岔五就出差一趟,这次回来腰包里装着五千美元,上次是一千五百美元。"

"说不定我走私毒品,"莱昂斯奚落她,"猜猜看。"

"我一开始是这样以为的,"她沉下脸说,"只不过,贩毒走的是另一个方向。从中国流出,而不是流入。所以这是不可能的。"

"你说什么就是什么喽。"

"这一切只有一种解释。为什么还不承认呢?你做的是某种间谍的工作。你只不过是……是一个普普通通的间谍。"

"真是令人作呕啊!"他讽刺地说。

"我一点都看不出这样的工作有什么值得骄傲的,也许是我有偏见吧。战士在战场上公开作战,这至少是诚实的,可是当间谍这种事——偷偷摸摸,见不得人,躲在暗处。我永远欣赏不了这有什么浪漫或者光荣的,完全体会不到。这是肮脏的、下流的。这样的工作幼稚、孩子气,只有不成熟的人才否认这一点……"

"就像我这样的。"他替她补充道。

女仆试探地推开门,露丝严厉地说:"待在厨房,米琪,我们叫你再出来。"米琪的英文很差,就算真的想偷听也听不懂他们说的话。

接下来是一阵长长的沉默。

突然,她难以置信地摇了摇头说:"我的丈夫是个间谍,我花了九年时间才知道。"

"我们还没结婚那么久。"他用近乎玩笑的语气说,仿佛很享受折磨妻子似的。

"对,但我们已经认识这么久了。我不明白,这件事让我抓狂。你为什么一开始不告诉我呢?"她伤心地大喊,"你为什么不给我机会决定还要不要继续和你在一起?非要浪费我六七年的时间,再让我自己发现。"

"你还真是在意这件事啊。"

"因为这是件邪恶的事,我无法忍受。"

"好吧,如果你受不了,那也只能忍着!"他突然爆发了,"因为我会一直做下去。这是我的生活,况且想退出也为时已晚了。

就算我想,我也不能停下,何况我也不想停下。"

她起身,但依然站在桌子旁,转过一半身子。"幸亏我们没有孩子。"然后她朝门口走去,又回头问他,"松子也跟这事有关,对吗?"

"行了,"他粗声粗气地说,"别问了,听到了吗?你今天说的话已经够多了。现在闭上你的嘴,让我自己待着,我想安静一会儿。"

"你已经回答我的问题了,不管你意没意识到。他肯定是参与其中的,一定是的。他给你打过那么多神秘兮兮的电话。"

他在她身边不耐烦地挥舞着手臂。"深呼吸,快去吧,吃一片阿司匹林。"

"他们早晚会枪毙你的。"楼梯间传来她恍惚的声音。

"在日本他们没有枪毙,只有绞刑。"他不当回事地朝她喊。

"你还在多少地方做过?是不是在苏联也做过,在我们结婚之前,你去那里的时候?他们竟然没有枪毙你。"

他正在给自己倒一杯日本威士忌,这场过于漫长的争吵使他心烦意乱。

"他们为什么要在苏联枪毙我?你这个混蛋。"他大吼着,失去了警惕,"那里可是我……"

他说到一半打住了。她转过头朝他走了回来,他耸了耸肩,仿佛在说:这又有什么区别呢?他把杯子里的酒一饮而尽。

他从未见过妻子的脸色如此苍白,他从未见过任何人的脸色如此苍白。

"你刚才说什么？"

"没什么。"

"说完，把你刚才的话说完。"

"你刚刚听到了，还想让我再说什么？"

"告诉我，我听错了。告诉我，你得告诉我。"她试图摇晃他的肩膀。

他向她还手。"住手，不然我就用皮带抽你！"

"是美国吗？是美国吗？"她此刻几乎语无伦次，干巴巴地抽泣，却流不出眼泪。"你做的事情已经够糟了，但是至少是美国吧？"

"什么是不是美国？"

"你为谁工作？"

"你还没长大吗，你这个傻瓜，"他慢吞吞地、一字一句地说，"你是有多笨？是苏联。"

听到声响，米琪从门口探进头来。"出什么事了吗，小姐？"

"是的，"莱昂斯回答说，一个手指头都懒得动，"小姐胆子小，晕倒在地板上了。"说着他又给自己倒了一杯酒。

没花多长时间她就准备好了。不到一个小时，她就迈着蹒跚的步子，笨拙地走下楼梯，双手拖着一只笨重的行李箱，身体摇摇晃晃，失去了平衡。

他看见她朝前门走去，便起身跟着她进了客厅。

"给，你最好把这个带上。"他简短地说。

这不是普通的夫妻争吵，他们都知道。已经结束了。

她低头看了看他的手，又抬头看了看他的脸。

"那些人的钱？那种钱？"她痛苦地说，"谢谢你，不用！"

"好吧，贝特西·罗斯[1]，"他冷冷地回答，"这比我在自己国家得到的好多了。你从来没有从我的角度思考过，是吗？在街角卖苹果和鞋带，没完成学业，拼命找工作，但始终找不到。排着队领汤喝，像个乞丐一样，住在破破烂烂的铁皮棚子里。胖子胡佛说：'繁荣就在眼前。''好日子又来了。'即使我终于结婚了，也无法拥有自己的孩子，像个男人一样。就连这个也被夺走了。这就是我变成今天这样的原因，成了一个贪婪的酒鬼。我自己的国家无法养活我，我为什么不能转投这些人呢？他们是我这样的失败者唯一的希望。"

她放下行李箱，但只是短暂的一会儿。

"还有一亿个美国人和你一样经历了同样的事情。为什么其他人没有背弃自己的国家呢？因为他们有勇气，而你和其他像你一样的人没有。不要把自己的弱点归咎于国家的缺点。每个国家都会经历困难时期，仅仅因为这样就背弃国家，就像是背叛了一个需要你帮助的朋友。"她轻蔑地撇起嘴说，"我认为美国不需要你这样的人。说实话，我觉得美国没有你这样的人更好。"

---

[1] 贝特西·罗斯：露丝的全名。

"为红白蓝三呼万岁!"他酸溜溜地说。

她提起行李箱,转身出门,走到街上。

他看了她一会儿,表情从愤怒变成了解脱。

"你至少让我为你叫辆出租车。"他在她身后喊道。

"我不要出租车。我会走在市中心的街道中央,提着旅行箱,一直走到美国领事馆。那里的人会照顾我,送我回家。"

"你会揭发我吗?"

"不会。我对我嫁的男人比你对你出生的国家更忠诚。我只会说丈夫有外遇,仅此而已。"

她拐了个弯,消失在视野里。

突然,在没有任何预兆的情况下,两个宪兵猛然出现在她的两侧,他们就是臭名昭著、令人胆寒的"思想警察"。一个按住她的肩膀,另一个抓紧她的胳膊。

"你跟我们走。"其中一个用日语说。

"为什么?"她问,眼睛睁大,露出纯粹的恐惧,"你们为什么抓我?"

"拘留问话。"

她快步穿过俱乐部的房间来到他面前,脸上的笑容比任何口红都要明艳动人。

她仍然穿着那条黑裙子,脖子上戴着同样的珍珠项链,但今晚她又增添了两处新的装饰。她头戴一顶精致的黑色缎面晚礼服帽,像一只诱人的小猫。她换了香水,今晚她身上飘着铃兰花香气。

莱昂斯跳了起来,她向他伸出手,他握紧了她的双手,用力摇晃几下,亲切地打招呼。

"约翰尼!"她像个孩子似的,高兴地尖声叫道。

"我喜欢你这么叫我。"他开心地说。

"约翰尼,约翰尼。"她轻声说。

他们意识到自己还站着,人们转过身来朝他们笑。他们坐了下来,彼此都笑了笑。

"让你等了很久了吗?我这辈子从来没有换衣服这么快过。还有那个女孩,她根本帮不上忙,可怜的家伙。她不习惯西式的拉链。"

"我不在乎你换了多长时间。"他越过桌子,把手放在她的手上,"今晚是一个纪念日。你知道吗?"

她带着心照不宣的兴奋点了点头。"一个星期前的今晚,我们第一次见面。"

他变得严肃起来。"今晚我们做点不一样的事情吧。让我们……对一个男人来说,等待一个星期太久了。我做得很好,不是吗?承认吧。"

"只不过是每隔一会儿就祈求我一次。"她嘲弄地说。

然后,她也严肃起来。

"我跟别人不一样,约翰尼。我想彻底了解你,你是什么样的人,说真的。你是做什么的?你的生活到底是什么样的?"

"我把一切都告诉你了,什么都没遗漏。"他认真地说,"我们见面的第二天晚上,我甚至跟你说过露丝的事。"

"哦,露丝,"她轻蔑地说,"每个结了婚的男人一开始就告诉别的女孩,他爱自己妻子的一切。这算什么,我想更深入地了解你,更亲密地了解你。"

"已经没有办法更深入和亲密了。"他固执地说。

"那我们每天晚上见面就没有什么用了。"她也固执地说,"为什么要隐瞒你的一部分?"

他闷闷不乐,一声不吭,她明白,要想让他开口,普通的劝说是不够的。

"假如我答应你的话,"她突然说,"记住,我不是说已经答应了你……只是假设。假设我答应你,那我们去哪儿呢?我家有家里人,我不会去你家,我也不是那种姑娘,约翰尼·莱昂斯先生,那种跟你到不体面的旅馆里去过夜的人。"

他的脸像探照灯一样被点亮了。他太阳穴上的脉搏开始跳动,他又变得激动起来。

"我在郊外有一间小平房,在半岛上,可以俯瞰海湾。你愿意和我一起去吗?开车四十分钟就能到。"

"我们在那儿做什么呢?"

他当着她的面咯咯地笑起来。

"我的意思是……"她犹豫地说,"你那里有收音机之类的东西吗?"

他突然愣住,气氛变得紧张起来。

"你为什么要问这个?"他用冷冰冰的、警惕的声音说。

"好吧,"她似是而非地说,"我们不能一直翻云覆雨,我们不能一直喝酒,我们不能一直吃东西。我只是在想,如果我决定和你一起去的话,有没有什么可以打发时间的东西。"

他又放松下来。"哦,我完全没听懂你的意思。"

她知道不该再继续追问。最后他默默地说:"是啊,那里有台收音机。"

"你在生气什么呢,约翰尼?"

"嗯,你知道,你这样问对我来说并不是一种恭维。"他不高兴地说,"你担心我会让你无事可做吗?别担心,宝贝,和我在一起你不需要任何音乐。我们自己制造音乐。"

"约翰尼!"她责备地说,"在这儿等我一会儿。"她羞涩地微笑着,"我马上回来。我得给家里打个电话,编个借口告诉他们。"

到了更衣室,她示意女佣出去,然后关上门,拿起电话,一气呵成。

"富子。找塞苏上校,公事。"

塞苏上校的声音传来得出奇地快,仿佛他一直把手放在电话上一样。

他们没有浪费时间问好。

"他在半岛上有一间小平房。"她低声急促地说,"有一台收音机,他现在要带我去那里。我该拒绝吗?我该拖延吗?我该立即出发吗?……请您下命令。"

"他听到你说收音机有什么反应?"

"他愣了一下。作为男人,他认为我询问其他的娱乐有损他的自尊。"

薛上校有典型的特工第六感。"他就是我们要找的人,"他立刻说,"这反应不是他作为一个男人的自尊,而是他作为一个特工的谨慎。"

"那我就跟他去了?"

"这绝对是至关重要的。一切都得由你自己掌握,我可能要花一整夜才能确定你们的具体位置,让我的人赶到那里。在你安全的时候尽快报告,但是要非常小心。有一件事我必须警告你……"

莱昂斯正站在化妆间门口,望着她。她没有听到开门的声音。

"再见,尊敬的父亲。"她说着,挂了电话。

她转向他,脸上挂着灿烂的微笑。

"他们怎么说?"他嘟囔着说。

"世界上任何一个地方的家庭,当大女儿告诉他们她要和一个女性朋友过夜时,家里人会怎么说?他们以为自己知道,担心自己是对的，但又希望自己错了。"

她耸了耸肩，向门口走去。"好了，约翰尼，没什么大不了的。"

"我不会这么说，"他说着，紧紧地搂着她的腰，"我绝对不会这么说！"

当她早上醒来时，他不在床上，也不在房间里。

打翻的高脚杯，桶里的空香槟瓶，瓶子现在漂浮在水里，而昨夜是在冰块里。这一切讲述了他们昨夜的故事。对他来说，昨夜如愿以偿，对她而言却一无所获。除了先前那些在城里就已经知道的信息，她没有得到任何新情报。

她捡起地上的黑色丝绸浴衣穿上。那是他的，因为她没有带任何她自己的东西，然后她跑到窗前。

从那座乡间小屋望出去，景色就像日本的版画一样美丽。前景里只有矮矮的冷杉树，绿油油的。冷杉树后面是卵石海滩，一片玫瑰色和米黄色。再往后是海湾的海水，一汪无与伦比的蓝色。岸边停泊着一艘小渔船，在海面投下安静的倒影，就仿佛倒映在玻璃上一般。船上一个人都没有，头顶是光滑如瓷的天空。

即使他不在这里，今天早上也没有必要再搜查这个两居室的小地方了。昨夜，在他们几个回合的间歇，她假装自己是漫无目的地四处闲逛，实际上已经费力探察过了。

她走到电话机前，沮丧地报出塞苏上校的名字。

"我失败了。我在这里一无所获。"

"那个收音机？"

"只是一个非常普通的收音机，是廉价的日本产品，立式的，可以在任何商店买到。"

"你确定吗？"

"我已经里里外外全部检查过了。没有发射器，不能通过它发送消息，而且后面板坏了，很容易就能看到里面。"

"待在那里，直到找到它为止。"上校简短地命令道，"它可能就在你眼前，而你却不知道。"

她忧郁地挂断了电话。

收益递减的规律很快就会出现，她明白这一点。第二晚，她对他的意义已经不如第一晚，第三晚更是不如第二晚。她已经打不出新的牌，而他手里还有一大把牌。

她回到窗口，小渔船比刚刚离岸边更近了一些。他站在上面，即使隔着那么远，她也能认出他瘦高的身影。他刚才一定是躲在下面。

"它可能就在你眼前，而你却不知道。"

她突然迅速转身，好像要回到她刚刚离开的电话旁，再拿起它，然后又改变了主意。再过几分钟他就会回到房间里。

但她现在知道收音机在哪儿了，她已经知道他把它藏在什么地方了。

她从房间里跑出来，一路跑下坡，到海边去迎接他。她只穿了件浴衣,光着脚,欢快地叫着"约翰尼!约翰尼!"。

他们俩坐在船舷边上,光着脚在水里。他也脱掉了鞋袜。

"为什么我不能到下面的船舱去?"她第十次问。

"你不会想下去的。除了一大堆油腻的机器什么也没有,你会被弄脏的。"

"我打赌你在下面藏了一个女人,所以你才不让我看。"

"我是个专一的男人,一次只有一个女人。"

"那我们怎么办呢,就这样坐在这儿泡脚?这一点都不好玩。至少去游游泳吧。"

"我没有泳裤。"

"这里是世界上唯一一个裸体游泳不会违反道德的国家。你应该知道的,傻瓜。"然后她又用了激将法,"我敢打赌你不会游泳,就是这样。"

"我游得比你好。"他告诉她。

"证明给我看。"这很有效。他跳起来,脱下除了短裤以外的所有衣服,做了一个非常优雅的弓背跳水动作。

她立刻脱下浴衣,跟在他后面跳进水里。

他们绕着圈子游了一会儿,一边笑着,一边互相泼水嬉戏。

"你很厉害,你知道吗?"他佩服地说,有些上气不接下气。

"哪方面很厉害?这个吗?"她大笑起来。

"当然还有一些别的方面。"

她假装累了,爬回船上,坐在那里看着他,披上浴衣,像披着一条毛巾一样蜷缩着。不出所料,他一旦开始就想游个尽兴,不想再出来。他现在才刚刚开始热身。

"绕着船游。"她一边说着,一边挤干乌黑短发上的水。

他沉下去,又浮了上来。"这算什么?"他嘲笑道,"就这么点距离。"

"那就在水下游一圈吧。看看你能不能一直不浮上来换气。"

他顺从了她的意见,重新潜入水里,白色短裤消失在水面下。与此同时,她的手摸索着伸到他的裤袋里,他的裤子在甲板上展开成一个大字形,触手可及。左边没有钥匙,她又摸了摸右边,右边也没有。但她摸出一张皱巴巴的纸片,一定是他忘记扔掉了。上面用铅笔写着两行大写字母,这一定是通过发射机发出的情报。

字母顺序被打乱了,看不出是什么意思。但这并不重要,这就是她前来寻获的证据,而塞苏上校知道如何破译。

她没有地方藏起纸片,浴衣没有口袋,而除此之外她一丝不挂。

她从他放在甲板上的烟盒里抓起一支香烟,迅速把纸片卷在烟外面,空白的一面向外,然后把烟夹在嘴唇上。然后,她故意把火柴盒扔进水里,这时他的头刚探出水面,细细的水顺着脸颊流下来。

"没想到我能成功吧?"他气喘吁吁地说。

"约翰尼,我现在要回去了——我开始发抖了,"她说,"毕竟现在是十月。你把浴衣拿回去吧。"

她知道他在水下游得很累,得在船上休息一两分钟。

她没有给他反对或者阻止的机会,就回到水中,此时他从旁边爬上了岸。但在这之前,她瞥见了船舱的钥匙,用一枚别针系在他短裤的腰带上。

时机就是一切,尤其是在危急时刻。时机决定生死。

如果抓住时机,她可以成功很多次。回到房间时,她从门口回头看了看,他还在船上。

可是她又湿又冷,浑身都在不停地颤抖。她先把自己擦干净,再穿上些衣服,这就是她失败的原因。但如果她直接去打电话,她打战的牙齿可能无法让别人听明白她的意思;另一方面,她也不可能直接去开车,一丝不挂地回到东京。

她花了宝贵的一分钟来擦干自己,又花了宝贵的一分钟穿上衣服,鞋子和袜子又多浪费了宝贵的一分钟——烟头滑进了一只袜子里面,还有宝贵的最后一分钟,她倒了一点轩尼诗喝下去。

她对窗外瞥了一眼——小船已经不见了。他一定是发动引擎回到了岸边。浮码头在另一边,从她的位置看不见。

她飞奔到电话旁,还想赌一把时机……"富子找塞苏上校,紧急,紧急!"然而她已经错失良机。他正站在外面的门口,看着她。

她转过身,天真地笑了笑,挂断了电话。他也笑了笑,看起来并没有什么可疑或暴躁的样子。

"你做了什么？把我的火柴掉进水里，你这个小坏蛋！"

他先用打火机点燃烟，然后拿起那瓶三星级的轩尼诗。

"如果我知道你会在我离开后马上把船开回来，我就不会像刚才那样，白白弄湿了全身。"她说。

他把一边的屁股架在桌子上，手里把玩着酒杯。"我总是把船开回来。不然呢？把船丢在外面一整夜没有人管吗？"然后，他没有改变语调，问她，"你在跟谁打电话？"

"我的家人，笨蛋。你知道今晚是我离开家的第二个晚上吗？"

"他们怎么说？"他问，会意地朝她咧嘴一笑。

"总的来说，还不算太糟。"

他喝完酒，放下杯子。

"你为什么不告诉我，你打不通电话……"

"但我打通了。"她立刻打断了他的话，"我刚刚和他们说完。你看见我放下电话了。"

"……那时我还不确定你到底在做什么，至少不知道该拿你如何是好。但你说谎了……"

"说谎？"她倒吸了一口气。

"因为刚才我进来的时候把外面的电话线剪断了，所以你不可能跟任何人打电话——电话已经不能用了。而你对我说谎，这就说明了一切，其他的事也说得通了。把火柴扔进水里，这样就避免了抽烟破坏证据。嘴里叼着烟下水，回程用狗刨泳姿，而不是你习惯的蝶泳,这样就不会打湿纸片。我穿裤子的时候发现,一条裤腿被翻了过来,之前我明明是把裤子摊开在甲板上的,说明你翻过我的口袋。这些都是小事,但在我这一行,重要的就是小事。"

她赌了最后一次。她有一双舞者的腿,又长又结实,能跑得很快。车停在开阔的路上,只有几码远,这里没有车库。他有个习惯,十有八九都不拔车钥匙,这一点她是知道的。对于与工作没有直接关系的事情,他总是漫不经心,马马虎虎。最后,昨天晚上在她探索的时候,她注意到钥匙插在两间屋子之间的门上。

所以她决定再赌一把,赢的人得到一切。她还有什么选择呢?

"你这样的对话并没有让我更暖和,"她颤抖着说,"我想再喝一杯。"

她手里拿着空杯子,走向那只又大又重的白兰地酒瓶。

他依然靠坐在桌子边,然后转过身看着她,防止她打他的头,假如她这么做的话他会及时防守。然而她放下杯子,用双手抓住酒瓶的瓶颈,用全身的力气把瓶子底朝下砸向他的脸,力道几乎相当于被一个壮汉一拳打在鼻子上,他张着嘴晕了一分钟。

紧接着她像疯了一样撒开腿跑,砰的一声关上门,转动钥匙锁门,从房子里逃出来,顺着大路跑了出去——日本的所有古老神灵和古代武士的鬼魂一定都在保佑着她。

她一头钻进车里,连门都没关,钥匙还插在车上,她点火启动发动机……

他没有费力去开房间的门。他跳出窗户,穿过矮枞树,抄近路跑向车子……

发动机响了一声,又响了一声,但最终没能启动。

他抓到了她。

"回来吧,宝贝。"他说着,用双臂环绕住她,把她抱出了车。他喘着粗气,把她拖回小屋。"真不知道是爱你还是杀了你。"他发出刺耳的笑声,"不如先爱你再杀了你?"

她选择的时机毁了她,所有的时机都弄错了。

后来,她一直闭着眼睛。由于过度激动,她几乎要昏倒了。当她终于动了动,睁开眼睛时,他已经在她对面的房间里了。他站在橱门旁边,手插在挂在那儿的一件华达呢旧大衣的口袋里。

她试着坐起来,却又倒下去,又试了一次才挣扎着起来。

"刚才怎么样?"她疲惫地低声说,仿佛要通过这个问题来决定自己的命运。

"当然好极了,让人魂飞天外。所以接下来我很快就会把你送到天外去。"

她严肃地垂下眼睛。"日本有很多古老的艺术,性爱就是其中之一。"

"准备好了吗,宝贝?"他只说了这一句。

然后掏出了枪。

她面无表情地看着他。"死亡是我们的另一种艺术。"她说。

屋外传来了命令的声音，接着，四面八方奔跑的脚步声开始汇聚到这里，似乎有几十个人，在草地上奔跑，在砾石上摩擦，脚步声在石板上啪嗒作响。

枪声断断续续地响起。

"我差点就要放你走了，"他飞快地说着，"但这个帮我下定了决心。"

他们还是没能赶上。他离得太近，他们离得太远。

他先是瞄准了她的脸，但后来改变了主意，仿佛觉得这张脸太美了，舍不得破坏。于是他把枪口放低，对准心脏，子弹射出的威力将她向后推倒。鲜血喷洒出来，几乎形成一道彩虹，就像草坪上的洒水器一样，直到她用双手按住伤口，血沿着她的皮肤流淌下来。

她侧身倒在床上，随后跌落到地板上，像醉酒一样无力。

大部队冲进来，就像水流穿过筛子涌进来一样，甚至像是穿过墙进来的。

莱昂斯试图用枪对准自己的头，但他的胆量已经耗尽。他们从他手中夺过枪，把他打倒在地。

这时，塞苏上校大步走了进来，腰间带着一把制服佩剑。"快帮助这个女人。"他指着富子命令道。

她用一只手做了个拒绝的手势，掌心朝向他们，她的血染红了手掌，但手上的纹路仍然是白色的。

然后,她靠自己的意志力,像奇迹一般,痛苦地抬起身子,抓住床,慢慢地站立了一会儿,但只是一小会儿。

她没有面向他们,而是仰起头,面朝被奉为日本祖先的天照大神闪耀着荣光的方向。

"我为天皇陛下而死!"

说完她就倒下死去了。

"富子!"塞苏上校大声喊道,他的剑被笔直地举在面前行礼。"每个人都要记住她的名字,并且告诉子孙。每个人都要看看她的脸,看看她对国家的热爱。"

他们久久地低头默哀。

约翰尼·莱昂斯在满腔仇恨中被推了出去,步履蹒跚地走向前。

牢房的门像往常一样被打开了,但进来的不是警卫,而是巢鸭监狱的司令官,他手里拿着两份看上去很正式的文件。

莱昂斯的脸色变得煞白。这是人的正常反应,但至少他看上去还足够冷静。"终于来了吗?"他问。

司令官没有回答。狱卒拿来一张折叠凳摆好,司令官坐了上去。接着狱卒走出去,重新锁上牢房的门。

"你想先吃早餐吗?"

莱昂斯无精打采地叹了一口气。"不用了。那是什么?"

"讨论有一段时间了。"司令官开始陈述。

"不知道为什么花了这么长时间。"莱昂斯自言自语地说。

"和政治有关。如果你知道,也没什么坏处。政治可以原谅任何事情,如果有必要的话,忽略一切,不管是什么。"

"为什么要说这些?我知道我要死了,"莱昂斯忧郁地说,"这对我来说一点都没意思。"

"经过漫长而微妙的谈判,最终达成了协议。苏联监狱里有两三名非常有价值的日本特务,我们还需要他们;同时,由于政治原因,日本不希望在这个时候成为苏联的敌人。我们希望联手,战争已经全面打响了,所以,作为苏联将特工交还给我们的条件,你将在本周的某一天离开这里,在武装护送下前往符拉迪沃斯托克,在苏联领土重获自由。"

过了好一会儿,莱昂斯才明白过来。他的眼睛眨了又眨。"换句话说,我根本不会被绞死,而是要用我来交换苏联手中的几个日本特工。"

"一点不错。"指挥官说,"当然,公众或报纸不知道这件事,对战时士气不利。但人们很快就会忘记你的名字,以为你已经被处决了。这是更高层次的政治,仅此而已。在这个世界上已经发生过很多次了。"

"如果说我不高兴的话,那是在说谎。"莱昂斯承认说,"任何人都宁愿活着而不是死掉。"

"现在你要做的就是，"司令官说着，拿出一支钢笔，打开笔盖，"在这两份文件之一上签字，一切就搞定了。"

"这是什么？我能看一下吗？"

司令官把文件递给他。文件很短，只有寥寥几行，是用英语写的。他念出声读给自己听。

"我，约翰·莱昂斯，永久放弃美利坚合众国公民身份。"

他抬头茫然地望着司令官。"另一份我不用签的是什么？"

"只要你签署了第一份文件，第二份文件就会使你自动获得苏联国籍。但必须先签署前一份文件。"

"可是为什么呢？"莱昂斯茫然地问，"为什么？我不明白。"

"很简单。"司令官不耐烦地说，"也许你在监狱里没听说过，我的国家从十二月八日起就和美国处于全面战争状态。"

"什么！"约翰尼目瞪口呆地说。

"我们和苏联仍然保持和平，但不可能把你作为美国公民交换。作为美国公民，你必须被判处间谍罪，执行死刑。只有作为苏联公民，你才能得到交换。无论如何，这只是技术问题。在过去的几年里，你一直在为苏联工作。"

"是啊，"莱昂斯勉强地说，"但是那时没有战争，我也没看到一个叫富子的女孩死去。"

他向前缩成一团，用手捋着头发。

"我有多少时间做决定？"

"你需要多少时间,才能知道自己想死还是想活?"司令官讽刺地说。

"给我一晚上的时间。"

司令官站起身来。"明天早上这个时候我会再来一趟,到时告诉我你的决定。"

第二天早上司令官来的时候手中依然拿着那两份文件,这次他没有坐折叠凳。"你的选择?"他简短地问。

"死。"约翰尼只说了一个字。

司令官盯着他看了很长时间,然后他同样简单地说:"我认为你是对的。"

"能帮我最后一个忙吗?"莱昂斯问。

"如果可能的话。"

"能把那张纸给我吗?放弃美国国籍的那张……"

司令官把文件递给他。莱昂斯用一根火柴把纸点燃了,然后他把点燃的纸扔到地板上,用脚踩了几下,直到这张纸变成了灰。

执行死刑的队伍缓缓地向行刑地点走去,指挥官走在队伍的前头,莱昂斯走在队伍的中间,两边各有三名守卫,保持整齐的军事队形。他们走到一个开阔的院子里,头顶是柔和的蓝天,云朵像一团团剃须泡沫。面对他们的是水泥墙上的一扇门,不祥的感觉就像棺材盖直立着一样。他们还没走到门前时,门就自动打开了,他们鱼贯而入。接着,门在他们身后关上了,莱昂斯生命中最后一天的光线也永远消失了。

里面很暗。空气中弥漫着香火气息，祭坛上的蜡烛燃烧着，像闪烁的小萤火虫一样，从下方照亮佛祖平静低垂的面容，也照亮半个世界的希望和信仰。一位神职人员站在一旁。

这不是行刑室，而是外面的一座庙宇，前往永恒之前的最后一站。他们驻足了一会儿，司令官转向莱昂斯。"你需要祷告吗？"他恭敬地问他。

"不用了。"莱昂斯简短地说。

"那么，他会为你祷告。"司令官指的是那位神职人员。

"谢谢，"莱昂斯说，"这我不反对。"他们继续往前走的时候，他突然说，"为了表达敬意……"他用力扯下脖子上的麂皮袋，自从被捕之后这个袋子一直挂在他胸前，当然，他们检查过。他从里面拿出那颗巨大的钻石，把它放在祭坛前面的漆盘里，死囚经过时可以向这里供奉祭品。

终于，钻石又回到了神明手中。

庙宇后面是行刑的地方。他们把他领到绳子下面，让他转过身，他自觉而准确地站到板上粉笔标记的地方。当他站在那里的时候，他终于开始祷告。他的嘴唇明显在动，目光专注而又恍惚。他念的祷告词没有哪个教会能认得出来，他既不是在给自己祈祷，也不是在为灵魂祈祷。这也许根本就不是什么祷告词。

他念的是美国各个州的名字。并不是按照正确的顺序在念——

他的地理一直没那么好。他记不全所有州的名字，他也没有那么多时间。但他站在那里，一直念到最后一刻。

"亚利桑那、阿拉巴马、阿肯色……"

准备好的套索紧紧地勒到了他的脖子上。"北卡罗来纳、南卡罗来纳、特拉华……"

刽子手用两只手用力拉动直立的操纵杆，就像一个扳道工把铁轨打开一样。莱昂斯身下的地板突然被打开，他坠落下去，消失在了下面。

露丝·莱昂斯依旧面色苍白，因为她在监狱里被关了四年，直到美国占领日本才得以释放。她沿着碎石铺成的墓园小径，慢慢地走到墓前。

她走向墓碑，蹲在旁边，把带来的花放在周围，避免遮挡住直立的小墓碑。然后她静静地站在那里，低头看着墓碑。墓碑上只有一行字，就刻在姓名的首字母上面。已经有人告诉过她莱昂斯是为何而死的。现在她知道，一定是他想把这行字写在上面的。墓碑上写着：

　　此地长眠着一位美国人，
　　J.L.

图书在版编目（CIP）数据

厄运石／（美）康奈尔·伍里奇著；蔡丹丹译. ——
上海：上海文艺出版社，2020（2022.2重印）
（康奈尔·伍里奇黑色悬疑小说系列）
ISBN 978-7-5321-7656-4

Ⅰ.①厄… Ⅱ.①康… ②蔡… Ⅲ.①长篇小说—美国—现代 Ⅳ.① I712.45

中国版本图书馆CIP数据核字（2020）第074457号

厄运石

著　　者：[美] 康奈尔·伍里奇
译　　者：蔡丹丹
责任编辑：蔡美凤　杨怡君
装帧设计：周　睿
责任督印：张　凯

出　　版：上海文艺出版社
出　　品：上海故事会文化传媒有限公司
　　　　　（201101　上海市闵行区号景路159弄A座3楼　www.storychina.cn）
发　　行：上海文艺出版社发行中心
　　　　　（上海市闵行区号景路159弄A座2楼206室）
印　　刷：上海中华印刷有限公司
开　　本：889毫米x1194毫米　1/32　印张6.875
版　　次：2020年11月第1版　2022年2月第3次印刷
ISBN：978-7-5321-7656-4/I·6089
定　　价：35.00元

版权所有·不准翻印

想看更多精彩故事？
扫码下载故事会APP

上海故事会文化传媒有限公司　出品（00955）www.storychina.cn

上海故事会文化传媒有限公司所有图书可办理邮购，免收邮费（挂号除外）
汇款地址：上海市闵行区号景路159弄A座2楼206室(201101)；　收款人：上海故事会文化传媒有限公司出版发行部
联系电话：021-53204159
如发现本书有质量问题，请与印刷厂质量科联系 T:021-60829062